Tierra de Dones

Lena M. Waese

A mis hijos, Alfredo Junnior y Yairán, por ser mis estrellas guía.

Índice

Capítulo 1

*Ú*ltimamente se esparcían aromas que iban y venían, dejando rastros de huellas de que alguien había pasado por allí. ¿Quién podría ser? Reylan se volvía loco cada vez que percibía ese olor. Aunque estuviera a leguas, su olfato no lo engañaba, podía rastrear todo, incluso podía identificar a cada uno de los habitantes del reino, pero este aroma hacía marcar la diferencia entre el resto. Sin embargo, esa incertidumbre lo enfurecía, no entendía de dónde provenía y así, de la nada, aparecía y se esfumaba.

Empezó a sentir un enorme deseo de sacar su instinto animal. La sangre bombeaba con rapidez por todo su cuerpo, y estaba seguro de que esa noche volvería. Ese aroma comenzaba a expandirse suavemente por el aire. Sabía que, lo que fuera, tendría su encuentro en una de las terrazas del palacio.

—¿Qué pasa, Reylan? —El rey Seyan lo miraba, lo conocía, no estaba haciendo una visita a esa hora a su habitación por nada; algo lo atraía y sabía qué era, mas él no podía revelar su secreto que tanto trabajo le costaba mantener—. ¡Deberías estar durmiendo! Ya es bien entrada la noche.

—No tengo sueño y, al ver la habitación alumbrada, decidí invitarte a tomarnos unas copas de vino.

Reylan repasaba con la vista la habitación.

—Siento no poder aceptar tu invitación, estaba terminando mis ejercicios de relajación, además estoy esp… —A Reylan todavía no le podía contar lo que ocurría, y en ese momento necesitaba más concentración; si no, su visita nocturna se iría y no volvería—. Por favor, Reylan, no preguntes, debes irte. Busca a tu hermano, quizás él no esté dormido todavía y puedas conversar un rato o tomar unas copas.

—¿Me estás echando?

Se rio e hizo que se iba, pero su olfato no lo engañaba. Estaba cerca, a un paso de ver de dónde provenía ese olor. Antes de que él se diera cuenta, se transformó en pantera ocultándose detrás de los pequeños arbustos que adornaban la terraza. Seyan estaba demasiado concentrado en la visita que esperaba, aunque trató de ocultarlo muy bien; en ese momento, toda su energía estaba enfocada en su objetivo.

Seyan vestía un atuendo blanco, rondaba los cincuenta años, era alto y robusto, y tenía los cabellos totalmente grises. Su pasado lo había convertido en un hombre lleno de sabiduría.

Estaba parado en medio de la terraza cuando, de la nada, una imagen empezó a surgir frente a él.

—Apareciste. Por unos minutos pensé que no volverías a atravesar el portal. Cada vez lo haces mejor.

—Estos días han sido un caos en el otro mundo, apenas he podido descansar y, para llegar aquí, necesito estar dormida; así es cómo he podido cruzar el umbral.

—Te ves muy cansada. Ven, acércate, trata de relajarte, respira suavemente la frescura de la noche y la tranquilidad de este lugar; debes recuperar fuerzas para seguir resistiendo.

Sayara se sentía a gusto al lado de ese hombre que desde niña frecuentaba su cabeza. La hacía sentirse protegida y olvidarse de las guerras sangrientas que vivían cada día. Llevaba su traje de guerrera, impregnado de olores.

Ese aroma que volvía loco y a la vez enfurecía a Reylan.

Quedó impactado al descubrir de dónde provenía ese olor; la mujer más hermosa que había visto estaba frente a sus ojos, la imagen era de una joven guerrera. Unos instantes bastaron para quedarse embebida en su olfato y su corazón la esencia que durante años aparecía y se desvanecía en el aire, esa esencia que le hacía sacar su instinto animal. No pudo controlar más sus deseos y decidió salir de detrás de las plantas en las que se ocultaba, pero fue en vano; la imagen se desvaneció en cuanto advirtió el peligro y notó que no estaba sola con el anciano.

—Te pedí que te fueras, Reylan.

Seyan lo miró. Él pensó que no se daría cuenta de que se había ocultado, pero en ese momento no tenía tiempo de comenzar a discutir con él. Necesitaba toda su energía; por eso, lo permitió.

Lo que no se esperaba era que no pudiera controlar sus instintos.

—No pude, lo siento. Llevo años detrás de ese rastro, y hoy sabía que estaba más cerca de lo que nunca imaginé.

Parado en el mismo lugar donde estaba la joven, respiraba profundo.

—¿Quién es esa mujer, Seyan? No la conozco, no pertenece a este reino, es una guerrera. Cuando se percató de que yo estaba aquí, vi cómo sus ojos centellearon en la oscuridad.

—Creo que te vas a quedar sin saber quién es. Llevo años tratando de mantenerla cerca y tú lo has arruinado todo, debes aprender a controlarte.

—No es posible. ¿En verdad no sabes quién es ella?

—Lo siento. Vamos a descansar, que es tarde y estoy agotado.

Seyan le dio unas palmaditas en el hombro para reconfortarlo de su decepción.

—Hasta mañana, Seyan.

Reylan volvió a olfatear el aire, pero ya no quedaba rastro de la aparición.

Un establo apartado y abandonado, al igual que algunas casas vacías, servía de refugio a los caminantes, asaltantes, comerciantes o a cualquiera que pasara por allí. En un tiempo atrás había sido un poblado habitado por ganaderos y comerciantes, pero los asaltantes, con sus constantes atracos, fueron frenando su desarrollo para, finalmente, acabar destrozado en solo una noche por el terrible Emre y su ejército despiadado, que exterminaba todo a su paso.

—¡Despierta, Sayara! ¡Vamos, despierta! Me vas a volver loca. Despierta, nuestro padre está cerca, lo puedo sentir. —Sayana zarandeó a su hermana.

—¿Qué pasa? Déjame dormir, estoy agotada.

—Sí, yo te dejo dormir, Sayara, siempre y cuando tú no entres en esos trances en los que parece que estás muerta y hablas. Yo también estoy agotada y necesito descansar, pero no puedo mientras tú estés así. ¿Quieres que nuestro padre te descubra? ¿Quieres que nos manipule la mente como hace a los otros?

—No —respondió somnolienta.

—Entonces, no protestes cuando trato de despertarte.

—Vaya, lo siento, hermana. Estoy siendo egoísta, pero es algo que no puedo controlar. Algún día te llevaré conmigo para que respires tranquilidad.

—¡Qué más quisiera yo que alejarme de todo esto y viajar contigo, aunque sea una vez, a ese lugar hermoso del que siempre me cuentas! Pero es solo un sueño, Sayara, y esta es la cruda realidad; es lo único que puedo ver y respirar, un lugar lleno de crueldad, de batallas, de sangre... Eso es lo que respiramos.

—Mírame, Sayana: estoy segura de que ese lugar existe y tú vendrás conmigo, no te voy a dejar con padre. Hoy me pareció ver a un animal que, cuando noté su presencia, me escrutó con la mirada y sentí una conexión, pero tú me estabas despertando.

—Padre se acerca. Lo siento tratando de meterse en mi cabeza. Por mucho que lo bloqueo, siempre insiste. Voy a echarme un rato, no puedo más. A ver si me deja tranquila.

—Duerme, Sayana. Yo te cubro el sueño ahora; ya descansé y

he repuesto fuerzas. Además, es mejor no quedarme dormida cuando él esté cerca.

Sayara apenas había cumplido los veintiuno. Su pelo rizado negro, sus ojos color café y su blanca piel le daban una belleza mística. Ella, al igual que su hermana, rondaban los seis pies de altura, y sus hermosos cuerpos habían sido esculpidos por el crudo entrenamiento al que su padre las había sometido durante años. Poseía una destreza y agilidad inigualable. Sayara dominaba el arte casi mágico de las armas blancas; podía empuñar cualquiera de ellas con mucha seguridad, ofreciendo a sus enemigos una muerte rápida.

Sayara cuidaba el sueño de su hermana. Ella había encontrado una pila de pajas secas y la había convertido en un colchón. Se sentó a su lado mientras acariciaba su cabello rizado, igual que el de ella, pero era de un intenso color rojo fuego.

Sayana era un año menor. Siempre habían estado juntas. Desde pequeñas, su padre las obligó a entrenar como si fueran hombres; las trataba mal. Ella recordaba cómo las obligaba a que robaran comida; si no lo hacían, tenían que acostarse con la barriga vacía. Sus ropas eran harapientas y andaban descalzas; cuando se enfermaban, se cuidaban la una a la otra. Hasta que, un día, su padre conoció a una anciana con ciertos poderes. Mahiara los acogió y comenzó a enseñarle la magia negra a su padre y a recuperar el poder de manipular la mente de las personas que, según él, había perdido en una batalla. Cada vez fue perfeccionando más este poder hasta que se volvió muy poderoso y comenzó a utilizarlo para destruir todo cuanto estaba a su alcance.

Mahiara las hacía beber pociones nauseabundas cuando su padre no estaba; aunque ella las cuidaba y las protegía, no entendían por qué lo hacía a sus espaldas. Cada poción iba acompañada del mismo conjuro: «Las alas se unirán para abrir la puerta, mas una sola quedará abierta; traspasarás, pero no saldrás».

Fue después de cada brebaje que Sayara comenzó a tener visiones y a teletransportarse a otra dimensión. En cada viaje que hacía, sentía que pertenecía a ese lugar lleno de praderas verdes con extrañas construcciones, cada una con diferentes formas de animales. Soñaba que volaba por encima de todo hasta que llegaba a una de las terrazas iluminadas donde se encontraba el hombre vestido de blanco.

Aunque Sayara trató de mantenerse despierta, el cansancio la venció quedándose dormida acurrucada junto a su hermana.

—Pero ¿qué hacéis, desgraciadas, que todavía estáis tiradas como unas cerdas? Vamos, ingratas, ya deberíais estar ensillando los caballos; si no fuerais mis hijas, ya os habría hecho pagar vuestra ineptitud.

Sayara sintió en su torso cómo se le clavó un dolor desgarrador dejándola sin aire; apenas dudó para sacar un cuchillo y defenderse de lo que la atacó, hiriéndole la pierna a su padre.

—¿Así es como me pagas, perra desgraciada? —dijo mientras la tomaba de sus cabellos y la arrastraba hasta donde se encontraba un barril con agua helada por la fría noche.

—Padre, déjala ya, fue en su propia defensa, no quiso hacerte daño, déjala.

Sayana trató de que su padre entrara en razón, no quería ver sufrir de nuevo a su hermana, y a él descargando toda su ira sobre ella.

Sayara apenas podía respirar. Cada gesto que hacía, sentía cómo se desgarraba por dentro, pero no podía rebelarse más en contra de él.

—Aprenderás a obedecer, perra. Aunque seas mi hija, estás bajo mi mando y agacharás la cabeza hasta el suelo y comerás tierra como los otros —le dijo mientras hundía su cabeza en el barril hasta sentirla flaquear bajo sus fuertes y despiadadas manos. Solo la sacaba del barril para que cogiera un soplo de aire y la hundía de nuevo.

Para Sayara no era la primera vez que su padre la torturaba de esa manera, pero esta había sido muy diferente. Sentía su cólera, lo había herido delante de los otros. Aunque ella no hubiera querido hacerlo, fue en su propia defensa. Si él no le hubiera pateado tan fuertemente en sus costillas al despertarla, no lo habría hecho, mas ya era tarde. A pesar de su dolencia, trataba de coger alguna bocanada de aire entre cada zambullida, hasta que logró bloquear su dolor como Mahiara le había enseñado, y su mente se volvió confusa apareciendo extrañas imágenes, tan reales como si las hubiera vivido.

Sayana estaba aterrada. Veía cómo Sayara había dejado de moverse mientras su padre la ahogaba en el barril, pero ella no podía dar un paso; él había manipulado su mente inmovilizándola. Los hombres de su ejército estaban parados a su alrededor como estatuas humanas. Eran incapaces de escuchar o ver más allá de cualquier dolor. Solo una voz, solo un mando, el del todopoderoso Emre.

—Padre, ¿qué quieres?, ¿no ves que ya no se mueve? Por favor, déjala ya, déjame ayudarte, padre, a curarte la herida. —Sayana sentía la debilidad de su hermana. Si él no paraba en ese momento, no aguantaría más.

Él reaccionó y miró a Sayana. «Debes controlarte, Emre, ellas son tu oportunidad, no puedes matarla; además, fue solo un rasguño..., aunque fue una lástima, no me faltaron las ganas. Al menos, la desgraciada aprendió la lección de que conmigo nadie se mete, yo soy quien gobierna». Arrojó contra el fango a la joven Sayara y se rio con una risa maquiavélica.

—Sayara, ¿estás bien? ¿Te puedes sostener? Apóyate en mí —le dijo Sayana, que se lanzó a ayudarla en cuanto su padre dejó de manipularla.

Sayara tosió y levantó su mirada de odio contra su padre.

—Sayana, ve y ayuda a padre antes de que desate su ira de

nuevo. —Caminó tambaleándose hasta una piedra y con dificultad trató de sentarse. Se llevó la mano adonde sentía el dolor que la atravesaba y le provocaba dificultad para respirar—. El muy salvaje me ha roto costillas con su tierno despertar. ¿Cómo pude quedarme dormida? Todo fue por mi culpa; si hubiera estado en vigilia, no me habría pasado. De ahora en adelante, no me quito más la armadura. Ya ni descansar nos deja. Su ambición de destrucción está fuera de control.

Emre medía unos siete pies de altura. Su piel bronceada, su cabello negro matizado con gris y los ojos verdes amarillentos le daban una distintiva personalidad, mas su mirada penetrante, su sonrisa estruendosa, su violento temperamento y su vestimenta rudimentaria mostraban la verdadera naturaleza de un ser cruel y despiadado, donde su única conexión era con un ente de las profundidades.

—Estamos cerca del poblado de Lohmare. Atacaremos al oscurecer. Creo que me dará tiempo para prepararme un brebaje de esos que nos enseñó Mahiara. He recogido varias plantas por el camino y junto con una de las bolsitas esas llenas de polvo que nos dio, me aliviarán un poco el dolor para poder combatir —le dijo Sayara a su hermana mientras prendía un fuego para calentar el agua.

—Yo también he recogido algunas hierbas para hacerte una

cataplasma; déjame revisarte... Uff, no se ve bien, recuéstate, te la voy a aplicar y te sanaré.

—No, con el brebaje y los ungüentos estaré bien. No debes usar tu energía ahora, después estarás débil para el combate; de hecho, ya la usaste con nuestro padre para sanarle la herida que yo le provoqué y tienes que estar fuerte; no quiero perderte, hermana.

—De eso se trata. Las dos no podemos estar débiles, siempre nos protegemos una a la otra, y tú eres mejor guerrera que yo; así me cuidarás.

—No, Sayana, en verdad estoy bien. El efecto de esas hierbas es muy bueno, casi no siento dolor; además, la tropa ya está en pie. —Trató de disimular levantándose con energía evitando una mueca de dolor delante de ella—. Si al menos hubiéramos descansado, nos habríamos recuperado de nuestro agotamiento, pero a este ritmo...

—No puedo seguir soportando cómo padre mata a gentes inocentes; acaba con los poblados. No deja ni mujeres ni niños ni ancianos, solo recluta a los jóvenes, a los que les anula la mente hasta desahuciarlos de cualquier tipo de humanidad. Si no fuera porque logramos bloquear las nuestras de él, no podríamos salvar a algunos de esa matanza.

—Lo sé, y el día que se dé cuenta de lo que hacemos, su ira nos doblegará a nosotras también. Recuerda lo que me hizo hoy cuando reaccioné y lo ataqué. Mahiara fue muy buena con nosotras enseñándonos todo lo que pudo, pero decía que padre estaba poseído por el alma oscura, llena de envidia y odio, que ni nosotras juntas podríamos enfrentarle.

—Solo la verdad sería lo único que lo derrotaría. Todavía no le encuentro sentido a esas palabras. En este mundo, ¿de qué verdad hablaría ella?

—Espero que en ese pueblo no haya una bruja.

—Seyan, desde que amaneciste hoy has estado muy extraño, te noto impaciente y cabizbajo. No dejas de asomarte a la terraza del salón.

—No lo sé, Leonila, algo me tiene tenso. Creo que está relacionado con la joven que me visita. Necesita ayuda y no puedo conectarme con ella. Al parecer, tiene una barrera levantada.

—Pero tú mismo me has dicho que aparece solo cuando ella duerme, y no te visita todos los días. Es más, de antemano, tú sabes cuándo va a venir.

—Sí, tienes razón. Ayer mismo vino y su visita fue fugaz porque Reylan estaba ahí, y al percibirlo, se escabulló. Otras veces he sentido esa aflicción, mas hoy es diferente. Puedo sentir su sufrimiento y dolor; estoy seguro de que está herida. Si al menos estuviera aquí, podría sanarla.

—Seyan, debes estar calmado por si se presenta de nuevo. Si ella puede atravesar el portal solo cuando está dormida, entonces le va ser muy difícil quedarse dormida.

—Es verdad, pero hay algo más que me preocupa. —Seyan miró las verdes praderas, tratando de atravesar con sus pensamientos los densos bosques, buscando una señal o un indicio a lo que su mente le presagiaba—. Hace muchos años que vivimos en armonía y no hemos pedido consejo a nuestros antepasados, los espíritus guardianes, y a las brujas; debemos convocar a una reunión.

La reina Leonila escuchó a Seyan. Esas preocupaciones solo la hacían confirmar lo que, por muchos años, él ha esperado: el regreso de sus hijas.

—¿Cómo te sientes, Sayara? —le preguntó Sayana, ya que la veía cabalgar retorcida.

—Bien, aunque un poco incómoda con esta armadura comprimiéndome.

—Debiste haberme dejado que te sanara.

—No te preocupes, hermana, que de otras cosas peores me las he arreglado. ¿Has visto?, padre no nos quita los ojos de encima.

—Será porque he estado todo el camino bloqueándolo, no he dejado que se meta en mi cabeza.

—Sí, yo también. Desde que aprendimos a levantar las barreras para que no nos manipule, se ha vuelto más desconfiado de nosotras.

—Los soldados están trastornados, ya los está preparando

21

para el combate. Mírales a los ojos, inyectados de sangre, sedientos de venganza y segregando saliva como perros salvajes.

—¿Cómo lo hace, Sayana? ¿Por qué Mahiara lo ayudó a recuperar los poderes? ¡Si ella podía ver el futuro!

—No lo sé, siempre hablaba del destino.

—¿Qué habrán tenido que ver todas esas personas inocentes a las que asesina con el destino?

—Esa repuesta solo la tenía ella. —Sayana cabeceó, sintió cómo su cuerpo desfallecía y casi se cae del caballo.

Sayara tomó rápido las riendas de su caballo y la sujetó al mismo tiempo que el bosque retumbó con la cruel risa de Emre y una bandada de pájaros levantó el vuelo, pasando por encima de ellos desorientados.

—¿Qué te sucede, Sayana? Estás muy pálida. Te dije que estabas débil, nuestro padre absorbió toda tu energía. Trata de reponerte. Si no, él te dominará como a los otros.

Sayana se repuso, recobró la postura de guerrera, pero las palabras de Sayara fueron vanas. Cuando levantó su mirada inyectada en sangre, se dio cuenta de que ya estaba sometida a su padre. Sayara sentía la obligación de proteger a su hermana. Todo había sido por su culpa. Ahora más que nunca tenía que levantar la barrera del dolor. Una de las dos debía mantenerse fuerte y esa era ella.

Ahora Sayana solo obedecía a su padre, era incapaz de reconocer a su propia hermana.

Deylan y Reylan caminaban por los pasillos del palacio cuando vieron al rey Seyan recostado en una de las paredes. Al parecer, acababa de perder el equilibrio.

—Seyan, ¿qué sucede? —preguntaron los dos, preocupados.

—Busca a tu madre, Deylan, y tú, Reylan, acompáñame a mi habitación. Deylan, os espero allí.

—¿Qué ha pasado? —preguntó Reylan.

—Lo sabrás cuando llegue tu madre.

Dos bestias negras aparecieron en segundos en la habitación del rey. Transformaron sus cuerpos al momento.

Seyan levitaba en medio de la terraza, convocaba a los espíritus guardianes de la dimensión y las brujas.

—Madre, ¿qué está sucediendo?

—Se acerca el momento. —Leonila caminaba junto a Seyan transformando su cuerpo de nuevo en pantera.

Deylan y Reylan sintieron una poderosa fuerza que los hizo transformarse también en poderosas panteras, haciéndolos partícipe de la reunión.

Una luz envuelta en neblina invadió la terraza, al mismo tiempo que los arbustos que decoraban el lugar tomaron formas humanas. «Han pasado muchos años, Seyan. Se acerca la gran batalla. Una fuerza maligna se ha ido acrecentando en la dimensión de los humanos y debemos prepararnos. No podemos permitir que el portal sea usado para mezclar nuevamente nuestros mundos. Todos los habitantes de esta dimensión tienen que unir sus poderes y luchar hasta el final; si no, quedaremos abrazados por la oscuridad por toda la eternidad, gobernados ambos mundos por la misma fuerza maligna que desahucia a todos los seres de voluntad».

Tras unos minutos, todo volvió a la normalidad. Reylan y Deylan no entendían qué sucedía; una extraña energía los había puesto en estado de alerta. ¿De qué hablaban sus antepasados? No tenían ni idea... Seyan decidió que era el momento de ir aclarando algunas cosas.

—Muchachos, es hora de que sepáis sobre muchos sucesos del pasado. Vosotros ya conocéis nuestra historia y que llevo años preparando a nuestra gente para desarrollar sus poderes. Cada habitante tiene un don. Solo la familia real puede desarrollar varios a la vez, y somos los únicos que podemos traspasar el portal hacia el mundo de los humanos. Con nuestra ayuda podemos hacer que otros lo atraviesen, pero con el permiso de nuestros antepasados, porque el umbral está protegido por un hechizo de magia protectora.

—Seyan, no estoy entendiendo. ¿Nos estás queriendo decir que existe otro mundo paralelo a este y que nos separa solo una puerta? ¿Cómo es posible que nadie sepa nada? —preguntó Deylan inquieto—. ¿Y dónde está esa puerta?

—Sí, existe «la tierra de los humanos». Todos los antiguos de nuestra civilización conocen ese mundo y sabemos que, en cualquier momento, el umbral que nos separa puede ser atravesado y poner en riesgo a nuestra gente y nuestras tierras.

—Entonces, la guerrera que te visita en tu terraza pertenece a ese mundo —preguntó Reylan, que se movía de un lado a otro—. Me mentiste, dijiste que no la conocías.

—Por favor, tranquilos, no más preguntas ni interrupciones. Hace siglos, nuestros antepasados hicieron un hechizo para separar nuestros mundos. Cuando alguien de nuestros reinos usaba sus poderes para hacer daño, esa persona era desterrada de nuestras tierras hacia el mundo de los humanos, pero se le privaba de sus poderes; así evitaban que los usaran para dañar a los humanos y prevenían guerras entre nuestros mundos. Ellos no sabían de nuestra existencia, era mejor así. Dos mundos paralelos, pero sin mezclas de humanos normales y humanos con poderes.

»Antes de ese hechizo que separó nuestros mundos, a los seres como nosotros nos llamaban brujos, hechiceros, magos... Éramos nigromantes, nos convertíamos en cualquier animal y podíamos ser capaces de destruir ciudades enteras cuando nuestros instintos eran amenazados y, para defendernos, reaccionábamos de forma monstruosa contra ellos. Hasta que, un día, se fueron separando los dos grupos, y los de mayor sabiduría crearon el portal entre estos dos mundos para evitar hacernos el menor daño posible y vivir sin ocultar nuestros poderes.

—Seyan, ¿cuál es la razón por la que nos cuentas esto ahora?

¿Tiene algo que ver con lo que dijeron los espíritus guardianes de la dimensión y las brujas hace unos momentos? —Reylan estaba preocupado, había comenzado a percibir en el aire olores fugaces que no pertenecían ahí y presagiaban peligro. Ahora podía entender de dónde provenían esos olores que a veces lo confundían.

—Sí, debemos estar preparados. Podría suceder en cualquier momento.

Los habitantes de Lohmare se defendían con todo lo que tenían, pero el ejército de Emre saqueaba y destruía todo; los cuerpos eran mutilados, arrastrados y esparcidos por los caballos; las casas, quemadas y saqueadas...

El poblado estaba envuelto en llamas, mas los gritos ensordecedores de desesperación de los humanos luchando por su último hilo de vida eran lo que el despiadado Emre y su ejército causaban.

«Sola no podré proteger a estos niños. Sayana está poseída y mi fuerza se desvanece, pero no los voy a abandonar, los voy a proteger hasta mi último aliento». Sayara levantó una barrera invisible alrededor de ellos, advirtiéndoles de que estuvieran tranquilos, que nadie les haría daño, y sobre la barrera proyectó la imagen de una de las casas envueltas en llamas; muy pocas veces había usado ese poder que Mahiara les había enseñado para aislar los poderes de su padre, porque las desprotegía a ellas mismas de él, mas no tenía otra opción. Se encontraba sola ayudándolos.

—¿Dónde está la bruja de este pueblo? —La respiración de Emre hacía estremecer a los que todavía quedaban vivos, mientras seguía arrasando. Las raíces de los árboles cobraban vida, se desprendían del suelo y arrastraban a los aldeanos hacia las profundidades como si fueran otro ejército más.

—Necesito estar concentrada para desplazarme con más rapidez y que mi padre no note mis movimientos, y alejarme de los niños.

—Sayana, tráeme a la bruja —gritó Emre. El hedor a crueldad se esparcía como una nube envolvente.

La joven guerrera solo respondía a la oscuridad. Sus ojos rojos, al igual que su cabello, la hacían parecer despiadada y sanguinaria. Solo la mirada de una verdadera bruja de magia blanca podía ver lo que había debajo de esa capa, pero no era el momento todavía de revelar su destino. La anciana era arrastrada por alambres que se le encarnaban en su envejecida piel, mientras luchaba y lanzaba conjuros, pero la fuerza de Emre se hacía más inhumana. Al parecer, absorbía la energía de cada bruja que encontraba en su camino, pero esta dejó escapar su último aliento hacia la joven Sayana, desapareciendo en cenizas en el aire. Emre dirigió su mirada destructiva a la guerrera. Era la primera vez que ocurría, no podía permitir que ella absorbiera ningún tipo de poder proveniente de una bruja. Con el poder de la sanación era suficiente. Él no sabía qué magnitud tendría ese poder que le otorgó la bruja en su último aliento, pero estaba seguro de que se lo quitaría. Pensó Emre: «Ella todavía está sometida y puedo hacerla sufrir hasta el más agobiante dolor, así tratará de autosanarse; de esa manera, estará más débil y podré obtener su nuevo poder antes de que esa estúpida lo absorba».

Sayana comenzó a quitarse su armadura y a despojarse de su calzado y vestimenta hasta quedar casi desnuda en medio de la batalla.

Emre reía estruendosamente, incapaz de sentir ni la más mínima pizca de humanidad; era su momento. Sayara luchaba contra su propio ejército mientras su padre estaba ocupado, hasta que sintió una fuerte angustia a la vez que sentía un calor sofocante, y notaba cómo su piel se quemaba. «¿Qué me ocurre? ¿Qué me está pasando?». Era como si las brasas de candela la abrazaran. Sayara no lo podía evitar. Miró desesperada hacia la barrera donde estaban protegidos los niños, pero no, todavía la podía sostener. ¿Qué era entonces? Sayara lanzaba gritos de desesperación y dolor, se quemaba, pero ¿cómo? Si ella no... ¡Es Sayana! Sus ojos escrutaron a su padre, no creía ver lo que estaba ocurriendo. Sayana, despojada de su vestimenta casi por completo, avanzaba dentro de las llamas. Sus pies descalzos y la piel de su cuerpo se quemaban.

La crueldad de su propio padre iba más allá de su existencia.

Todo su poder estaba concentrado en Sayana, de cómo despojarla del nuevo don que la bruja le había traspasado, pero la joven guerrera luchaba a pesar de estar sometida por su propio dolor y trataba al mismo tiempo de curar sus propias heridas, debilitándose. Pero Emre, dominado por el mismísimo demonio de la oscuridad, la dominaba, la hacía permanecer dentro de las llamas.

Sayara no podía permitir que su padre le hiciera eso a su propia hija, su hermana. Era una de las torturas más crueles que había visto y sentido. No entendía por qué él la obligaba a hacer tan angustioso sacrificio en medio de la batalla. ¿Qué le había hecho ella para recibir ese cruel castigo? Él no reparó en Sayara. Su maldad estaba enfocada solo en Sayana y, de repente, sintió una espada que lo atravesó aun estando subido en su caballo. Dejó escapar un grito horripilante lleno de traición y odio.

Sayana recuperó su humanidad y comenzó a gritar. Sayara atravesó las llamas con su caballo sacando a su hermana de un impulso, al mismo tiempo que sintió cómo se le clavaba una lanza en la espalda, atravesándola por el abdomen. Ella respiró fuerte y sujetó a Sayana. Con fuerza y destreza, deslizó su afilada espada por su espalda cortando la lanza y así poder tirar de ella por delante, doblándose del dolor; podía sentir cómo sus órganos eran desgarrados al intentar sacarla. Sayana estaba en carne viva. Su piel se caía a pedazos y chorreaba sangre, sentía tanto dolor que apenas podía pensar en cómo bloquearlo, y

Sayara apenas tenía fuerza para sostenerse en el caballo y a ella. Habían logrado alejarse del infernal pueblo de Lohmare, pero no lo suficiente. Los árboles parecían látigos a su paso, cada rama que rozaba a Sayana la volvían más vulnerable. El caballo se detuvo, y Sayara se dejó caer sobre la hierba húmeda sujetando todavía con fuerza las riendas. Sayana, temblorosa, hizo lo mismo. Los pocos pedazos de ropa que le quedaban se le pegaban a la carne quemada, su dolor era desesperante e infernal. Sayana se abrazó a su hermana.

—Sayana, si todavía te quedan fuerzas, trata de usar tu energía para sanarte y escapa de nuestro padre.

—No hables, hermana, creo que hemos llegado a nuestro final. Tengo tanto dolor y siento tu dolor tan intenso que ni siquiera puedo pensar en bloquearlo. Además, estoy muy...

—Levántate, Sayana, y vete antes de que padre nos encuentre. Yo lo atravesé con mi espada, pero recuerda que hoy había absorbido tu energía y lo más probable es que se esté recuperando mientras sus hombres nos buscan.

—Lo sé.

Sayana abrazó a su hermana temblorosa, y le presionó su herida para que no perdiese más sangre. Sayara recostó su cabeza sobre la de ella.

—Hermana, quiero que me lleves en tu último sueño, no me dejes aquí, quiero ver las verdes praderas, quiero ver a ese hombre que tanta paz te da, quiero respirar ese aire puro y volar como lo haces tú. Duerme, hermana, que yo dormiré contigo en ese hermoso sueño.

Las palabras dulces y amargas de Sayana hacían que Sayara comenzara a debilitarse como su hermana, y ambas cayeron en ese profundo sueño de ilusión. La última energía que le quedaba a Sayana la usó para que su hermana se abandonara en él y no despertara, al igual que ella.

Por primera vez, Sayana podía ver, aunque borroso, el hermoso lugar del que hablaba su hermana. Estaba atravesando junto a ella, cogida de su mano, un portal que la llevaba a las verdes praderas; sus respiraciones se hacían más lentas.

—Ahí están, pensaban que podían escaparse; las puedo rastrear hasta con los ojos cerrados. Su olor a sangre y a carne quemada las delata, aunque se escondan en cualquier agujero de este bosque.

El malvado Emre encontró a las jóvenes guerreras abrazadas sobre la hierba teñida de rojo. Al parecer, estaban muertas. Sus cuerpos pintaban una impresionante y atroz escena.

—Señor, las muchachas están muertas. —Uno de los guerreros empujó con sus pies a Sayara.

Seyan estaba parado en la terraza, con su cuerpo relajado, dejando que fluyeran las energías a su alrededor. Después de la reunión con sus antepasados, la reina y sus hijos también estaban en alerta, podían oler peligro en el ambiente.

—Ha regresado la joven. —Reylan era el que tenía el olfato más agudo en todo el reino. Eso lo diferenciaba de los demás y reconocía ese olor en particular—. Algo sucede, lo puedo sentir, huelo sangre, una batalla. Su olor está mezclado con carne quemada. —Reylan adoptó una posición erguida—. No es solo la guerrera que nos visitó ayer, Seyan. Hay otra, es la que huele a carne quemada. No puedo percibir miedo, pero sí mucho dolor.

—Necesito que me ayudes, Leonila. Necesito tu poder para rastrearlas y que puedan atravesar el portal. Si están débiles, se quedarán atrapadas en el limbo. Son ellas, ahora están unidas, es nuestra única oportunidad. Ella está tratando de comunicarse conmigo, pero veo cómo se desvanece.

—Usa mi poder también. —Deylan podía rastrear con la mente al igual que su madre. Su energía vital era incluso más poderosa que la de ella.

—Reylan, cuando veas a las guerreras, tendrás que ser muy rápido. Al igual que tú, Deylan. Sostenedlas de lo que sea; no las soltéis, aunque les hagáis daño u os ataquen, son guerreras y se defenderán, aunque estoy sintiendo cómo su fuerza se desvanece.

Leonila y Deylan encontraron a las jóvenes traspasando el portal, pero sin rumbo; una niebla las envolvía. Seyan, con su atuendo blanco iluminado, las atraía hacia él, sus almas se estaban separando de sus cuerpos.

—No os detengáis, continuad avanzando hacia el camino de

la luz —guiaba Seyan a las jóvenes.

Sayara levantó la vista y vio al señor que siempre la acompañaba en sus sueños.

—Vamos, hermana, ya estamos cerca, al fin logramos hacer el viaje juntas. —La cogió de la mano y volaron hasta donde estaba Seyan.

—Sayara, volamos. —Su rostro estaba empapado de sangre, sudor y lágrimas. Era lo más hermoso que había sentido, pero su cuerpo tembloroso y dolorido se debilitaba. Sayana sintió cómo algo la sujetó con tanta fuerza que la arrastró a la realidad.

—Sayana, ¿dónde estás? —la llamó Sayara al sentir que se separaba de ella, soltándole su mano.

Seyan notó cómo la otra joven empezaba a desvanecerse.

—Poderoso Emre, su hija Sayana desapareció, ¡es magia negra! ¡Ella es una bruja, señor!

—Estos estúpidos soldados no saben qué es magia negra todavía. —Emre se tiró del caballo. Lo sabía, algún poder extraordinario le había otorgado la bruja a esa inútil. Golpeó el suelo enfurecido con sus pies y gruñó con un ruido ensordecedor; pateó de nuevo a Sayara, que yacía inerte desangrada en el suelo.

—Hmm... —emitió la joven apenas un silencioso quejido de sufrimiento.

—¡Ah, pero si esta está viva todavía! Inútiles soldados... Quizás me sirva de algo. Le voy a exprimir el cerebro para sacarle toda su energía. No, mejor, voy a rebuscar en él... —Le sujetó la cabeza entre sus manos—. ¿Cómo es posible? ¿Ella está en la otra dimensión? ¿Cómo se me pasó y en qué momento esta imbécil lo descubrió? Es increíble, puedo ver a través de sus ojos, no ha cambiado nada. ¿Quién es ese? He esperado tantos años por este momento para regresar...

Sayara se agitó, sintió cómo algo la atraía con poderosa fuerza.

—Todavía no, Sayara, sin un presente mío.

—Señor, la otra joven también ha desaparecido ante sus pies.

Emre lo miró desafiante, fulminando al guerrero con su vista, envolviéndolo en una nube oscura y haciendo explotar su cuerpo por los aires. Había embestido contra él toda la furia retenida, la venganza y la codicia reprimida de tanto tiempo. Se había estado preparando todos esos años para ese momento y su única oportunidad de atravesar el umbral se le escapó. Su respiración se hizo profunda y gruñó de nuevo estruendosamente. El bosque tembló, deshojándose, cubriendo con una nube, ennegreciendo aún más la noche, convirtiéndola en una noche eterna. Su ejército cabalgó con los ojos embebidos en sangre y segregando saliva.

—Las dos están en muy mal estado. Una ha perdido mucha sangre y la otra no hay por dónde agarrarla. Deylan, busca a más sanadores, necesitamos toda la ayuda posible. —Seyan miraba a las jóvenes desesperado.

—Voy a preparar todo para cuando lleguen y ordenar

habitaciones para ellas. —Leonila estaba preocupada, hacía muchos años que no veía tanta barbarie.

En cuestión de minutos, todos los habitantes de la dimensión que tenían los poderes de la sanación se encontraban alrededor de las muchachas. La habitación comenzó a destellar luces de colores verde y blanca perla, que brotaban de las manos de ellos. Los halos luminosos rodeaban los cuerpos ensangrentados, envolviéndolos en una cápsula protectora que poco a poco se iban restaurando de adentro hacia fuera, cicatrizando su piel, sin dejar rastros de sus heridas. Después de largo rato, la cápsula se tornó de un color púrpura hasta que desapareció dejando a los cuerpos de las muchachas reposar.

Reylan había visto en unos minutos la crueldad a la que se refería Seyan. Sus instintos le decían que debía estar preparado. No podía permitir que su dimensión fuera devastada por esa maldad de la que hablaban los antepasados.

—Seyan, solo nos queda dar tiempo al tiempo, esperemos que sus almas también se restablezcan. Sus heridas eran muy profundas y estaban vivas de milagro. Eso da mucho que pensar sobre sus fortalezas internas —aclaró el más viejo de los sanadores.

—Ellas se recuperarán, lo sé. Gracias por venir, sin vuestra ayuda no lo hubieran logrado. —Seyan miró por primera vez a las jóvenes. Eran realmente hermosas, muy parecidas a su madre. Con la diferencia de que estas eran todas unas guerreras.

—Seyan, me voy a quedar con ellas por si despiertan.

—No, Reylan, están agotadas. No despertarán en varios días; necesitan restablecer sus propias energías. Cuando las encontramos, sus almas se estaban separando de sus cuerpos, y esperemos que su mente también.

—¿Su mente?

—Sí, al cruzar el umbral en esas condiciones es posible que perdieran parte de sus memorias, que no sepan dónde están y puedan reaccionar atacándonos.

—¿Eso es posible? Entonces, no podemos bajar la guardia. Son guerreras y eso sería muy peligroso.

—Dalo por seguro. Son capaces de exterminar todo a su paso sin compasión.

—Seyan, yo sé que esta situación es difícil, pero ¿estás de broma o qué? Entonces, ¿por qué las hemos rescatado? —peguntó Deylan, que no dejaba de observar a la joven de cabellos rojos. Estaba impresionado con su belleza. Su olor le atraía de cierta manera. No podía imaginarse tanta maldad en ella.

—No estoy de broma, es la verdad. Vamos a descansar; por ahora, todo estará tranquilo. Debo recuperar mis energías, estoy extenuado; ha sido mucho esfuerzo, estaban casi muertas. —Él las miró. Sentía un profundo alivio al tenerlas de vuelta, lo había deseado por tantos años que su corazón se estrechaba tratando de controlar sus emociones.

Leonila apenas había podido pegar ojo. Sentía tanta responsabilidad por las jóvenes... Ella sabía que algún día encontrarían el portal, estaba en su destino. Habían pasado muchos años y todavía podía recordar ese momento. Se arrepentía cada día por no haber tomado la decisión correcta el día en que ocurrieron los hechos. Con solo unos segundos, podía haber cambiado el rumbo de sus vidas, mas ya no podía hacer nada. Solo si tuviera de nuevo esa oportunidad, no vacilaría; mucha gente estaba sufriendo por su error.

—No has dormido, Leonila. ¿Qué haces tan temprano en el salón?

—Estoy preocupada. Al parecer, Emre se ha vuelto muy poderoso y cruel. De eso es de lo que nos alertan nuestros ancestros. No entiendo cómo ha podido desarrollar ese poder tan fuerte.

—Sí, yo también me hago esa pregunta. Al traspasar el umbral hacia la dimensión de los humanos quedaría desterrado de sus dones.

—La única manera sería haberse encontrado con una verdadera bruja de magia negra. Y ya no quedarían muchas en esa dimensión. Casi nadie ha sido desterrado desde que lanzaron el hechizo, y las que quedaron del otro lado, casi todas eran de magia blanca para proteger nuestros mundos.

—De todas maneras, debemos esperar a que se despierten las muchachas. Tampoco sabemos si de verdad es Emre el que está detrás de todo esto. Aunque... —Seyan vaciló, temía mencionárselo a ella.

—Aunque, ¿qué me ibas a decir? —Ella lo observó—. Ni lo pienses. Si los espíritus guardianes lo notan, aunque yo sea reina y lo use sin el consentimiento de las personas, sabes que sería desterrada o despojada de ese poder.

—Lo siento, no debía ni haber pensado en ello. No nos queda otra que esperar; meternos en su mente sería algo perturbador e inapropiado.

—Vamos a ver cómo van progresando.

Habían ordenado habitaciones separadas para las jóvenes, cada una con diferentes plantas, piedras de cuarzos y grandes ventanales para permitir que las energías fluyeran y pudieran restablecer sus cuerpos y sus almas.

—Deylan, ¿qué haces aquí tan temprano? ¿O es que tú has dormido...?

—Madre, Seyan, dijisteis que, cuando se despertaran, ellas podían atacarnos, y...

Deylan había dormido en la misma cama de Sayana, justo a sus pies. Y no tenía cara para mirarlos.

Seyan y Leonila no dijeron más, sabían qué significaba cuando una pantera dormía a los pies de alguien si no estaban casados con uno de sus mismos poderes.

—Bueno, ya que has estado toda la noche, podías decirnos si has notado algo.

—No, ha dormido como un ángel.

—Entonces ve a descansar a tu habitación, Deylan. Ahora tu madre y yo vamos a restablecerlas un poco de energías. Tienen que recuperarse lo más pronto posible.

Deylan la miró, algo lo tenía prendido de la joven. Su atracción lo estaba confundiendo, por eso no quería separarse desde que llegó.

—Al parecer, Sayana se va a recuperar pronto.

—¿Cómo sabes que es ella, Seyan? Si eran muy pequeñas cuando Emre se las llevó...

—Su pelo... Ella tenía el mismo color que su madre; me parece estar viéndola. Además, busca en su espalda, estoy seguro de que tiene un ala de mariposa izquierda.

—Sí, es ella. Menos mal que no le quedó huellas de sus quemaduras. Todos hicieron un buen trabajo de sanación. —Leonila la tapó con sábanas blancas—. En unos días será otra; ahora, vamos a ver a Sayara.

—Sayara es la que más me preocupa. Apenas llegó con vida.

A unos pasos de distancia se encontraba la habitación de Sayara.

—Leonila, ¿esto no sería mucha casualidad?

El joven Reylan también estaba dormido a los pies de la joven.

—Reylan, ¿qué haces aquí? Se supone que tú estás en tu habitación, ¿o has pasado toda la noche aquí?

—Seyan, madre —se sonrojó—, no os he sentido entrar.

—Bueno, ya que has cuidado su sueño, nos puede decir cómo ha pasado la noche.

—Algo sucede. —Reylan la miró, ahora estaba tranquila.

—¿Por qué no nos llamaste?

—Creí que podía manejarlo solo. Durante la noche, varias veces se movió y decía cosas y palabras sin sentido, parecían pesadillas.

—¡Qué extraño! Yo hubiera sentido alguna conexión. —Se quedó pensativo Seyan—. Cuenta, rápido, debemos saber qué ha sucedido.

—La primera vez pensé que era una pesadilla y me quedé alerta. No pasaron más que unos minutos y volvió a decir cosas. Le presté atención, me pareció que pronunciaba algún tipo de conjuro al mismo tiempo que los ventanales se abrían de par en par y ella empezaba a retorcerse, como si tuviera dolor; después, movía la cabeza con los ojos cerrados de un lado para otro y seguía retorciéndose a la vez que estiraba los pies. Lo más impresionante fue, y lo que me alertó, ese otro olor que no pertenece a este mundo. Era como cuando ella aparecía. Yo la podía rastrear siempre y después se desvanecía. Pues eso mismo sucedió. Gruñí muchas veces tratando de ahuyentarlo, se desvanecía y ella se quedaba tranquila, y en la habitación dejaban de agitarse las cortinas.

—Es Emre. Seyan, es él tratando de entrar en su cabeza.

—Leonila se asomó a una de las ventanas, tratando de rastrear hasta los límites de la dimensión.

—Tenemos que estar pendientes de su comportamiento.

—Seyan se puso impaciente.

—¿Quién es Emre, madre?

—El que está llevando el mundo de los humanos a las penumbras, alguien que hace muchos años fue desterrado de aquí.

—Todavía no he dicho todo. —Reylan destapó el pie de la joven—. Eso explica por qué tiene una E.

—¡Cielos, qué le ha hecho ese desgraciado! —Seyan se enfureció y levantó sus manos dejando escapar por la ventana una onda de energía que arrasó con todo lo que estaba a su paso. Los árboles se deshojaron, las astillas de madera se clavaron como puñales en el suelo, muchos ventanales se desprendieron haciendo volar los cristales en pedazos.

—Calma, Seyan, calma. —Leonila trató de serenarlo.

—La ha marcado en el tobillo como a una esclava.

—Por eso se retorcía. Al parecer ella, se resistía en el sueño hasta que vi una luz roja como una llama que salía debajo de las sábanas proyectándose a través de ella. Cuando la descubrí para ver qué sucedía, fue como si acabaran de marcarla con un hierro caliente.

—Eso explica todo. Al parecer, antes de pasar el umbral, él alcanzó meterse en su mente y controlarla. Ella estaba muy débil, pero nosotros no le dimos tiempo; ya ella estaba de este lado, solo su cuerpo estaba atrapado en el mundo de los humanos. Y al ver que Sayana logró pasar, no le quedaba margen de tiempo para pasar él con ellas.

—Madre, Seyan, no estoy entendiendo nada. Por favor, necesito saber a qué tengo que enfrentarme.

—Tranquilo, Reylan, por ahora él no puede hacer nada más. Tenía que aprovechar la debilidad de ella antes de que se recuperara y su mente quedara bloqueada para siempre. Seguro que había dejado en su cerebro una brecha abierta para hacer la conexión cuando ella estuviera aquí.

—Entonces, es posible que él la pueda controlar en el futuro.

—Sí, la hizo su esclava.

—Es posible que las brujas sepan revertir ese hechizo y quitarle esa marca.

Reylan estaba confundido. Ella, desde hacía años, se había impregnado en él. Nunca había mirado a otra mujer en su reino, y ahora que la tenía tan cerca y podía verla, no quería ni pensar que ella perteneciera a otro hombre.

—Esperemos…, pero debemos estar preparados. No podemos bajar la guardia, y debemos convocar a todo aquel que tenga dones de animales para que mantengan sus olfatos agudos.

—Hay que estar atentos de su comportamiento cuando se despierte. —Leonila la revisaba, pero no tenía más señales de esclava. Solo una, el ala derecha de una mariposa en su espalda—. Es Sayara.

—Sayara, así se llama. ¿Vosotros también la conocéis por su nombre? Vaya, yo creo que merezco una explicación completa.

—Sí, ahora ve a descansar, que lo vas a necesitar. Tu madre y yo nos quedaremos a restaurar sus energías. Ella es la que más herida estaba, y cuanto más rápido se recupere, mejor será para todos.

Pasó una semana. Seyan y Leonila convocaron a todos los habitantes de la dimensión de la Tierra de los Dones a una reunión para advertirles de los peligros que podían acechar a sus tranquilas vidas, además de la oscuridad que amenazaba con atravesar el portal desde el mundo de los humanos, gobernados por Emre y su ejército. Todas las brujas debían estar pendientes de cualquier indicio de uso de magia a su alrededor y si sentían que eran absorbidas por algo fuera de lo usual. Todos los animales debían agudizar sus oídos y sus olfatos. Cualquier descuido podría poner en riesgo su dimensión y quedar atrapados en la oscuridad para siempre. Llegado el momento, habría que unir fuerzas y defenderse con todo para no dejarse vencer, y entrenar a diario para mantener un ritmo de fortaleza si fuera necesario.

Capítulo 2

«Humm, qué bien me siento. Este es el mejor sueño que he tenido en toda mi vida». Sayana se movía tratando de hundirse entre el colchón, mantenía sus ojos cerrados, intentando que no pasara esa sensación. Abrió sus pies en tijeras y manos, deslizándolas por las sábanas. «Qué bien huele esto, el aire es puro», respiró profundamente. Después de un largo rato, abrió los ojos. Tenía miedo de despertar y que toda esa sensación de bienestar desapareciera, pero quedó perpleja cuando vio tanta limpieza, una gran habitación llena de piedras y plantas, su cama era suave y sus sábanas olían a fragancia de lavanda. Vestía un bata sedosa de color crema, que la deslizaba por la piel; se sentía llena de energía. ¿Dónde estaba? ¿En realidad se había despertado? Trató de recordar y se le hizo un nudo en el estómago. Todas las imágenes de dolor y angustia le vinieron a la mente. Se quedó quieta en medio de la cama, apretujando fuertemente las sábanas con las manos.

«Sayara, hermana, ¿por qué no estás aquí conmigo...?». Se tiró de la cama abriendo las puertas de la habitación de par en par, y se encontró un enorme pasillo lleno puertas de otras habitaciones. «¿Dónde estoy? En mi vida he visto un lugar así».

Se sintió desprotegida. Agarró una de las plantas que decoraba la habitación y la despojó de las ramas convirtiéndola en un arma.

Agarró unas piedras y salió despacio, revisando las otras habitaciones en busca de Sayara. Para su sorpresa, estaba justo a la que continuaba a la suya.

Su habitación era igual que la de ella, llena de plantas y piedras; parecía un ángel en la cama, limpia y olorosa. ¿Qué lugar era ese? ¿Era el sueño de su hermana y todavía no había despertado? Se tocaba y tocaba a Sayara, pero ella estaba sumida en un profundo sueño.

De repente, se dio la vuelta y vio a un joven delante de ella, sonriendo.

—¿Quién eres? ¿De dónde saliste? —Sayana tomó rápidamente una postura a la defensiva.

—Tranquila, no te voy a hacer nada, Sayana. Porque ese es tu nombre, ¿verdad?

—Todavía no me has respondido. ¿Quién eres?

—Soy Deylan, príncipe de Donyian, la Tierra de los Dones. Aquí estáis a salvo tu hermana y tú. No tienes por qué tener miedo.

—No te equivoques, muchacho, no tengo miedo, no sé qué significa eso. Pero sí te diré que soy precavida.

—Deylan, me llamo Deylan.

Solo unos segundos y su rapidez tomó por sorpresa a Sayana, sujetándola de la mano.

—Me puedes soltar, ya veo que eres rápido y eso me gusta. Un buen contrincante para luchar.

—Sí, pero dejémoslo para otro momento. Ahora, vamos a dejar a tu hermana que descanse. Todavía necesita tiempo para recuperarse.

Sayana forcejeó un poco, pero cedió y retrocedió unos pasos. Los ojos verdes de Deylan atravesaron los suyos como dos flechas.

—Regresa a tu habitación y te mostraré tus cosas para que puedas cambiarte a tu gusto. Esas no son ropas para andar por los pasillos del palacio.

—¿Cambiarme? —Lo observó cuidadosamente.

—Ya te dije, aquí estarás segura.

Deylan abrió las puertas de unos grandes armarios que estaban empotrados en las paredes de su habitación, mostrándole a Sayana prendas de vestir con las que ella jamás había imaginado.

—Pero ¿qué es eso?, ¿dónde está mi ropa?

—No quiero ofenderte, pero casi no traías y estaban en muy mal estado. Solo te cubría algunos trozos de tela que tenías incrustados en la piel. ¿No te acuerdas?

Sayana se dejó caer en la esquina de la cama; sus ojos buscaron un punto al vacío.

—Esto no es un sueño. ¿Cómo es que mi cuerpo está sano? Mis heridas debían haberme dejado profundas marcas. Yo no podía autosanarme. ¿Quién lo hizo? Y Sayara estaba muy herida, ella también está... Por favor, explícame, necesito saber...

—Estás en otra dimensión, fuera de peligro. Aquí, todos los habitantes tenemos poderes y lo usamos para protegernos y cuidarnos. Muchos son sanadores, y ellos lo hicieron.

—Yo también puedo hacerlo, ¿eso significa que pertenezco aquí?

—Sí, y quizás puedas hacer más cosas y todavía no lo sabes.

—¿Es posible que yo pueda...? —Sayana estaba confundida, su cabeza daba vueltas, trataba de encontrar sentido. Había salido de un mundo real sanguinario lleno de batallas y crueldad y había entrado en otro totalmente diferente, como si fuera un sueño.

—Vamos, anímate, toma la ropa con la que más cómoda te sientas y cámbiate. Te espero afuera para que conozcas el palacio, al rey Seyan y a la reina Leonila. Tú... Bueno, apresúrate.

«¿Quién será ese joven? Es muy educado y rápido. Dice que aquí todos tienen poderes, ¿cuál será el suyo? Si hubiera sido Sayara, no le habría dado tiempo a sujetarla».

Sayana cogió un vestido azul marino con unas bandas naranjas a la cintura ciñéndole el talle. Combinaba con su cabello rizado rojo. Se quedó frente al espejo, se acercaba y se alejaba, como una niña que acaba de descubrirse frente a su reflejo. «Qué linda me veo, nunca había usado un vestido. Mi padre nunca nos regaló una prenda así». Sayana sentía alguna especie de energía que la hacía sentir muy bien, como si su cuerpo fuera más ligero.

Deylan tocó a la puerta. Al parecer, se le había olvidado que él estaba afuera esperando. Podía sentir sus vibraciones y eso lo empezaba a poner nervioso; ella desprendía olores que lo atraían.

—Sayana, ¿ya estás lista?

Ella abrió la puerta con una sonrisa en su bello rostro. No podía ocultar sus emociones al verse tan femenina con ese vestido.

—Eres realmente hermosa, Sayana. —Deylan quedó petrificado ante ella, casi no podía gesticular palabras.

—Vamos. Quiero conocer este lugar, me siento muy ligera. Y darles las gracias a todos los que nos ayudaron a mi hermana y a mí.

Deylan extendió su brazo y ella se sujetó del joven con toda confianza. Sus miradas se volvieron a cruzar. Sayana sintió algo profundo que la hizo estremecer al agarrarse de él; lo sintió bajo sus manos cuando los músculos del joven se tensaron al mínimo toque. Nunca había sujetado a un hombre por sus brazos de esa manera tan extraña, el único roce que conocía de los hombres era en una lucha cuerpo a cuerpo.

Llegaron a un salón enorme, iluminado por grandes ventanales, con una decoración un poco abstracta o moderna. Ella no sabía cómo calificarlo. Había algunas pinturas en la pared de otras personas, lámparas, sillas, una enorme mesa en el centro, grandes jarrones de flores y varias plantas. Al parecer, en todo el palacio, esa era una de las más utilizadas. Los dos entraron y fueron directos hacia una de las terrazas abiertas en la que se encontraban Seyan y Leonila. Se detuvieron frente a un cuadro que colgaba de la pared con una hermosa mujer pintada. Deylan miró a Sayana. Eran iguales, pero ¿de dónde había salido ese cuadro? Nunca lo había visto.

—Sayana, ella es mi madre, Leonila, la reina, y él es el rey Seyan.

—¿Cómo te encuentras, Sayana? —preguntó Seyan con alegría en sus ojos.

—Extraña, parece que estoy en un sueño. Como si mi cuerpo..., no, como si yo flotara. Señor, quiero agradecer lo que han hecho por mí y por mi hermana.

—Eres muy hermosa. ¿Puedo abrazarte un minuto?

—¿Abrazarme? —Otro contacto cuerpo a cuerpo. «¡Qué extrañas son estas gentes! Tengo que estar alerta y si traman algo...».

—Sí, ¿puedo?

Seyan no dio tiempo a la joven a reaccionar, ya la tenía rodeada con sus fuertes brazos, estrechándola con mucha fuerza junto a su pecho, hundiendo su rostro en el cabello de la muchacha, escondiendo las lágrimas que le corrían por su cara. Había deseado ese momento durante tantos años que no se pudo controlar.

—Señor, ¿podría soltarme?

—Sí, hija.

—Hija... ¿Qué está sucediendo? Esto no me gusta. —Sayana dio unos pasos hacia atrás, separándose de ellos—. Son muy extraños, ¿y qué hace esa pintura mía ahí en esa pared? ¿Y por qué me llama hija?

—Es muy pronto para que lo sepas, pero es la verdad, eres mi hija y esa es tu madre. —Seyan no se andaba con rodeos, era un hombre muy directo.

—¿Esa es mi madre? Yo no la conocí. Y usted no puede ser mi padre, yo tengo uno —«Por cierto, no quisiera saber que existe, no quisiera haber tenido un padre como él», pensó. «No recuerdo nunca que él me haya abrazado».

—Eres mi hija, Sayana, al igual que Sayara. Emre no es vuestro padre.

—Emre..., ¿también lo conoce?

Leonila la observaba detalladamente. Cada movimiento, cada expresión..., no mostraba miedo, el olfato no le fallaba. Ella era un alma generosa y muy tranquila, tratando de entender lo que acaba de saber.

En ese momento, Reylan entró silencioso por el salón. No quiso asustar a la joven, mas Sayana había notado la presencia y fue muy rápida. Sin un pestañeo, se deslizó con mucha destreza enfrentándose a él, quedando en posición de ataque. Todos quedaron sorprendidos. Su velocidad no dio tiempo a que ellos reaccionaran. Deylan sonrió, ella fue más astuta que él, solo una lección y podía sacarle un susto a cualquiera que se le atravesara.

No por gusto Seyan los había advertido de que estuvieran alertas. Eran guerreras.

Reylan escrutó su mirada con la de ella, rondando a su presa. Todos se tensaron por unos segundos. Sayana no había reaccionado, no sabía qué tenía delante, era la primera vez que veía una bestia de ese tamaño y ese color, negro como la oscuridad, enseñando sus colmillos afilados. Reylan quiso impresionar, pero no pudo oler el miedo en la joven, ella se mantenía serena, lista para defenderse de esa cosa. Pero Sayana retrocedió unos pasos cuando él volvió a desafiarla con la mirada.

—Basta, Reylan —reclamó Leonila. Algo la hizo recapacitar.

En unos segundos, la enorme bestia negra desapareció del salón. Reylan estaba allí, riendo, pensando que podía asustar a la joven.

—Es Reylan, mi hermano. No le hagas caso, se quiso pasar de listo.

Reylan hizo una reverencia ante la joven, tratando de disculparse por su entrada.

Sayana lo observó. Algo tenía Reylan que no le inspiraba confianza. Si Sayara estuviera ahí, lo había retado, ella era implacable.

—¿Quién eres? Tu nombre no es Reylan. A estos quizás los puedas engañar, pero no a mí.

—Soy Reylan, príncipe de Donyian, al igual que mi hermano.

Sayana dirigió su vista a Leonila y encontró una expresión

vacía. Ella sí sabía de qué hablaba.

—Sayana, estos son mis hijos.

—¿Tengo más hermanos a parte de Sayara?

—No, Sayara es tu hermana y ellos son mis hijos. Seyan y yo no somos un matrimonio, solo buenos amigos. —Leonila sujetó suavemente del brazo a la joven invitándola a la terraza, sonriente—. Vamos, acomódate; ahora que estamos todos, excepto tu hermana, debemos hablar.

—Hablar, ¿de qué? ¿Y por qué la excluís?

—Sayana, ¿cómo te sientes al descubrir esta dimensión?

Se sentía confundida. Tanta amabilidad y, a la vez, tanta intriga.

—Sois muy extraños. Me gustaría que os dejarais de rodeos. ¿Qué está pasando? ¿Por qué diferencias entre mi hermana y yo?

—Te pareces a mí. Hace muchos años, aquí hubo una gran guerra. Yo estaba casado con tu madre y teníamos dos hijas pequeñas. Emre fue el causante del caos en ese momento. Su ataque nos cogió por sorpresa, lo tenía todo preparado. Ese día había una gran celebración: tú cumplías los tres años y en tu cuerpo debería aparecer la marca de tu don de la familia real.

»En esta tierra, todos los habitantes poseen poderes con los que nacen, al igual que tú, pero cuando eres descendiente de la realeza, a los tres años, nuestros ancestros te entregan otro si en las runas de tu futuro ven la pureza y lealtad a los tuyos. Casi siempre, los hermanos suelen llevar la misma marca. Él estaba presente, todos son invitados a ese gran día. Pero su avaricia por obtener más poder destruyó muchas familias. Y una de ellas fue la nuestra. Mató a tu madre cuando ella trataba de protegeros.

Sayana se levantó, caminó unos pasos y dirigió su mirada hacia una esquina, levantando un muro proyectando con su mirada en él recuerdos de las batallas sangrientas de ambas junto a su padre, Emre. Algunas imágenes reflejaban cómo ellas hacían lo mismo: levantaban barreras sobre la gente inocente proyectando otras imágenes para protegerlos de la crueldad de su padre.

—Sayana, ¿cómo has podido hacer eso? ¿Quién te ha enseñado? Se supone que en el mundo de los humanos muy pocas personas tienen poderes como ese —preguntó Seyan—. ¿Emre sabe de tus dones?

—No, solo sabe que puedo curar, o sea, sanar como vosotros. Con mis energías puedo sanar, pero me debilita mucho. Y eso lo aprendimos de Mahiara, que nos enseñó muchas cosas.

—¡Mahiara, una bruja de magia negra!

—Sí, ¿también la conocéis?

—Pero ¿cómo es posible? Nadie ha cruzado el umbral. Es la bruja más poderosa que protege las dimensiones del este de nuestro mundo.

—Siempre nos cuidó y nos protegió de Emre, pero fue la que desarrolló la maldad en él, la que hizo que se convirtiera en un ser maléfico.

—No estés tan segura, hija. Ya él era malvado.

—¿Mahiara vive? —preguntó Sayana sorprendida.

—Sí, y podrás verla con tus propios ojos.

—¿Cómo es posible? Yo vi cómo el mismo Emre la decapitó frente a nosotras cuando todavía éramos unas niñas.

La joven se sentía incómoda con la presencia de Reylan. La desafiaba constantemente con la mirada y ella estaba a solo unos segundos de retarlo. Aunque fuera un lugar tranquilo, mantenía su temperamento de guerrera; toda la vida había luchado y aunque tuviera que hacerlo ahí, no iba a permitir su provocación.

A Deylan comenzaron a pasarle por el pensamiento celos de su propio hermano, hasta que, como un haz, se detuvo enfrente a Reylan como otra bestia negra, rugiéndole, desafiándolo.

—Deylan, regresa a tu forma, es tu hermano. —Leonila sabía que lo que sentía él eran celos. Había quedado impregnado de la joven, pero lo que pasaba con Reylan era otra cosa y solo ella lo sabía, hasta que Sayana lo descubriese.

—¡Tú también eres una bestia negra! ¿Qué clase de animales sois?

—Panteras. —Los ojos verdes de Deylan volvieron a atravesar la mirada de la joven.

Hasta ese instante, Seyan estuvo sereno, pero no era momento de desperdiciar el tiempo con chiquilladas. Y con una sola mirada, bastó para que se tranquilizaran.

—Sayana, ¿puedes seguir hablando de Emre? Necesitamos

saber la magnitud de su fortaleza.

—Cada día se vuelve más poderoso. Dirige siempre los ataques hacia los poblados; sabe que ahí es donde puede encontrar brujas o gentes con algún tipo de energía. Y cuando da con ellas, se introduce en sus cabezas hasta extraerles todo y termina destruyéndolas. Absorbe cada vez más poder. Descubrió que de esa forma se volvía invencible, se ha vuelto un parásito viviente. Sayara y yo estamos seguras de que su alma está pactada con la oscuridad; cada vez que atacamos, a nosotras nos cuesta mucha energía. Mahiara nos enseñó a bloquearlo porque, cuando estamos en combate, se vuelve como un imán absorbiendo todo, ya controla parte de la naturaleza.

—No podemos permitir su llegada aquí. En solo unos segundos todo puede quedar devastado. ¿Os imagináis si despoja a cada habitante de toda nuestra dimensión de sus poderes? Se extinguirían las dos tierras, la nuestra y la de los humanos, todo quedaría convertido en una oscuridad eterna.

—Solo hay una forma de aguantarlo, sería que todos aprendieran a bloquearlo, porque cuando entra en tu mente es cuando te despoja de toda humanidad y ya te vuelves su sirviente viviente, eres como un muñeco sin alma.

—Sirviente, y ¿también esclavos marcados?

—No, hasta ahora no los ha necesitado, él puede manipular a los humanos como desee. ¿Por qué?, ¿saben de alguien que él haya marcado como esclavo?

—Sospechamos que sí. Por eso necesitábamos hablar contigo primero.

—Acompáñanos, Sayana, vamos a ver a tu hermana.

Sayara se retorcía entre sus sábanas, los ventanales de la habitación se estremecían, las cortinas se desprendieron, las plantas se secaron y sus raíces comenzaron a extenderse por las paredes como la tela de una araña. Las piedras de cuarzo y los objetos que decoraban la habitación volaban en su interior lanzándolos en picada contra la joven.

—Humm... Qué bien, Sayara. Cada vez estás más recuperada, pero mientras, te voy a hacer sufrir por traicionarme. —Emre reía estruendosamente que, a pesar de estar en la otra dimensión, su eco resonaba en la habitación de la joven.

Reylan volvió a sentir la presencia del olor fétido que frecuentó la primera noche que las chicas llegaron. Su cuerpo se transformó y en solo unos segundos ya estaba en su habitación al igual que su hermano, que también había advertido el peligro.

—Es él, el mismo de la otra noche. Cada vez su olor fétido se está haciendo más fuerte en esta dimensión.

—Sayara, hermana, ¿estás bien? Vamos, despierta.

Sayara estaba con todo su cuerpo fuera de la cama, solo su pierna marcada estaba encima, con su pie estirado y su tobillo enrojecido, como si alguien la hubiera tirado con mucha fuerza. Su cuerpo y cabeza sangraban, tenía varias heridas, a la vez que temblaba, toda su ropa estaba ensopada de sudor; era como si hubiera estado en una batalla. La habitación había sido destruida, sus heridas habían sido causadas por los objetos que al parecer habían sido lanzados sobre ella.

Reylan la cogió en sus brazos y la llevó a otra habitación.

—Leonila, busca unos sanadores, y Deylan, necesitamos brujas con magia blanca. Seyan miraba a su hija, preocupado, si no se recuperaba rápido, era posible que nunca despertara.

—Voy a sanar a mi hermana.

—No, Sayana, todavía no estás completamente recuperada. Tú tienes que estar fuerte para cuando ella se recupere.

Reylan pasó su mano por el pie de la joven, quemaba.

—Seyan, esa marca la está debilitando, tenemos que buscar la manera de protegerla.

—Ya he pensado en ello, Reylan. Ves, Sayana, de esa marca es la que hablamos.

—Nunca Emre había necesitado hacer eso, supongo que es para mantener el vínculo con nosotras, pero qué extraño, solo se lo hizo a ella.

—Creo que todo pasó cuando atravesaste el portal, se aprovechó de la debilidad de ella para así poder mantener su contacto. Vosotras sois las únicas que podéis hacerlo regresar y a Sayara la está tratando de manipular.

—Ella es muy fuerte, no se dejará vencer, luchará hasta el final.

Cuando las brujas de magia blanca estuvieron presentes,

sellaron con un poderoso hechizo la habitación, y protegieron el tobillo de la joven con fuertes plantas envolviéndolo.

—Sayana, ¿crees que puedes ayudar a Deylan a entrenar a nuestros habitantes? Debemos enseñarles a bloquear sus mentes. Muchos lo saben hacer, pero hay que alertarlos, además de entrenar a todos para luchar como guerreros.

—Cuenta con ello, padre, ¿te puedo llamar así?

—Todos en la habitación la miraron e hicieron una reverencia ante la joven.

Seyan miró a la joven a los ojos con mucho orgullo.

—Reylan, creo que a ti no tengo ni qué pedírtelo.

—En qué puedo ser útil.

—Quiero que mantengas la guardia en la habitación de Sayara. Al parecer, en unos días ya estará totalmente recuperada. Ella se defendió, por eso la encontramos en ese estado. Pero no podemos dejarla sola; no sabremos cómo será su reacción cuando despierte.

—No tienes ni que pedírmelo, Seyan; lo haré con mucho gusto.

Mahiara rondaba el salón del palacio. Hacía muchos años que no lo visitaba. Levantó su mano y recreó un muro con las imágenes pasadas mientras pensaba: «Él tiene que regresar y pagar por lo que hizo. Su destino está trazado».

—Mahiara, ¿cuánto hace que estás aquí?

—Lo suficiente, Seyan, para saber que Emre se está acercando.

—¿Qué has hecho, Mahiara? ¿Qué has hecho? Has provocado un caos en el mundo de los humanos sembrando en un ser crueldad y oscuridad —reclamó Seyan irritado.

—No, Seyan, esa alma estaba oscura, yo solo la empujé más hacia la oscuridad. Sus runas lo tenían marcado.

—Pero lo has convertido en un miserable parásito y ahora es muy difícil de detener.

—La profecía se cumplirá; por eso ayudé a mis nietas, y ellas mismas vengarán la muerte de su madre. «Las alas se unirán para abrir la puerta, mas una sola quedará abierta, traspasarás, pero no saldrás».

—¡Mahiara! —Sayana corrió y la abrazó—. Estás viva, pero ¿cómo? Si nosotras te vimos cuando Emre te decapitó...

—Viva y entera, ¿ves? Tengo bien puesta la cabeza.

—Estoy muy feliz de verte. Tienes que ayudarnos. Gracias a ti logramos sobrevivir al lado de Emre, aunque tu muerte nos afectó muchísimo.

—Lo sé. Era la única manera de romper el lazo con vosotras y que lograrais desplegar vuestras propias alas y os volvierais fuertes y seguras. Ahora espero que, si hay alguien que puede detenerlo, seáis vosotras.

—Se ha vuelto muy poderoso... Mahiara, todavía no entiendo cómo estás viva.

—¿Recuerdas el poder de la proyección?

—Gracias a eso pudimos salvar muchas vidas, pero Emre no sabe de él o...

—Es un don muy poderoso que solo la realeza puede usar.

—Sayana, es hora de que sepas que Mahiara es tu abuela, mi madre.

—¿Abuela? ¡Eres mi abuela! —Sayana pasó su mano entre los cabellos canosos de la anciana, que parecía que los años no hubieran transcurrido.

—Por eso siempre nos protegiste y enseñaste tantas cosas.

—No podía permitir que él os llevara y estuvierais desprotegidas. Tardé tiempo en encontraros, porque al pasar el umbral, se pierden los dones.

—¿Y cómo es que Emre no te reconoció?

—Nunca vio a la auténtica Mahiara, solo a una anciana cualquiera. Ni siquiera él sabía el nombre.

—Es verdad, recuerdo que te llamaba vieja Mahua. Entonces también estuviste usando el poder de proyección.

—Por eso, es la bruja de magia negra más poderosa que protege las dimensiones del Este de nuestro mundo —dijo Leonila, que entraba al salón—. Eso quiere decir que nunca traspasaste el umbral.

—No, las leyes son las leyes y se hicieron hace muchos años para protegernos. Nunca rompí el hechizo. Estuve mucho tiempo utilizando mis dones para rastrearlas hasta que las encontré, y me enfoqué en educarlas para que pudieran regresar de nuevo a su dimensión.

—Eso explica muchas cosas. Deja que Sayara despierte y sepa la verdad. ¿No vas a verla? Seguro que puedes ayudarla, abuela Mahiara.

Ella levantó un muro y observó a Sayara.

—Ahora está bien. La magia blanca la protegerá. En unos días se recuperará. Ya es hora, me tengo que ir. Observa, Sayana.

Mahiara desapareció. Lo que estaba en el salón solo era su propia proyección, nunca estuvo ahí. Sin embargo, Sayana pudo abrazarla y sentirla entre sus manos, y acariciarle el cabello como cuando eran niñas.

Deylan y Reylan estaban impresionados. Conocían del poder de Mahiara, pero nunca se imaginaron su verdadero alcance; podía hacer cualquier cosa y ni siquiera estaba pasando.

—Deylan, acompaña a Sayana. Debemos comenzar el entrenamiento cuanto antes.

Capítulo 3

*L*os tres jóvenes entrenaban sin descanso; toda la dimensión parecía estar cargada de magia. Salvajes animales, bestias y nigromantes usaban todos sus poderes sin compasión, unos contra otros. Sayana sabía que era la única manera de enfrentarse al ejército de Emre, porque ellos no iban a tener piedad: destruirían todo lo que estuviera en su camino. Podían controlar sus mentes, y si no lo conseguían, los más poderosos reforzarían al soldado con menos poder.

—Estoy empezando a preocuparme. Sayara debería haber despertado ya.

La joven se dejó caer en la hierba manteniendo erguida la espada, tapando con ella el reflejo del sol. Podía sentir la energía de las plantas atravesando su cuerpo y relajándola.

—Seyan dice que ya está recuperada y que en cualquier momento despertará.

Deylan brincó sobre ella. Su cuerpo transformado en pantera cubría el de ella, y de un mordisco le arrancó la espada lanzándola lejos.

Sayana forcejeó, pero ya el joven con sus fuertes manos la tenía sujeta por sus brazos inmovilizándola; su cuerpo varonil sobre el de ella.

—¿Qué tratas de hacer, Deylan? —Sayana estaba atrapada debajo de él; por mucho que trataba de zafarse, le era imposible, sentía cómo flaqueaba. Su risa y sus ojos verdes la atravesaban como flechas, y en ese momento lo estaba haciendo de nuevo.

—Eres muy hermosa, Sayana; apenas me puedo controlar desde que apareciste en esta dimensión... Me he enamorado de ti, desbordas energía, me descontrolas. —Deylan acercó su cara a la joven y la besó en sus labios.

Sayana nunca había sentido esa sensación, todo su cuerpo vibraba y un cosquilleo la envolvió.

—¿Qué haces? —Empujó fuertemente a Deylan y le arrebató la espada para espolearle en el cuello con ella.

—Es solo un beso, Sayana. —Deylan se quedó tranquilo. Sabía que ella había sentido lo mismo que él y estaba confundida.

—La próxima vez no respondo de mí, Deylan.

Ella lo miró a los ojos y soltó la espada, proyectó una barrera entre los dos, y corrió lejos adentrándose al bosque que bordeaba las praderas.

—¿Sayana, estás bien? ¡Cielos, me has engañado! —Deylan reía—. Por mucho que te alejes, sé dónde estás, puedo oler tu rastro.

«¡Qué lugar más bonito! Esta tierra es hermosa. ¡No voy a dejar que Emre la destruya!».

Sayana estaba rodeada de flores y las mariposas se posaban en su cuerpo y la atraían llevándola a una cascada. Se sentía cada vez más ligera mientras se adentraba en las aguas frescas. Comenzó a reír; recordaba el sabor del beso de Deylan y pasaba sus manos por los labios... Sus ojos brillaban, y retozaba bajo la cascada. Las mariposas seguían a su alrededor, cuando un rayo de sol atravesó las gotas de agua y su cuerpo se hizo tan ligero que comenzó a elevarse. Todo era posible, su cuerpo estaba cargado de energía. Cuando miró su reflejo, pudo ver cómo salían unas enormes alas de mariposas naranjas y azules de su espalda; trató de tocárselas, pero cayó al agua y ya no estaban. «¿Qué fue eso? ¡Yo tenía alas! Sayara tiene que ver esto, no puede estar perdiéndose las maravillas que hay aquí».

Reylan caminaba alrededor de la cama. Desde que las jóvenes llegaron, se había convertido en el guardián de Sayara. Dormía a sus pies velando su sueño y pasaba todas las horas del día que podía a su lado después del entrenamiento. Era tan hermosa y parecía tan inofensiva que no podía entender cómo podía ser una guerrera. Pero su hermana, que era tan parecida, le había demostrado que la belleza no tenía nada que ver con el temperamento.

—Leonila, es hora de que le cuentes a tus hijos quién es Emre.

—Lo he estado pensando, pero tengo miedo, Seyan. ¿Y si mis hijos me rechazan después? ¿Y si se nos rebelan?

—Todo es posible, pero hay que poner la verdad por delante.

—Sí, lo sé, ya son hombres; por cierto, bien fuertes y audaces. Y eso podría poner en peligro nuestros reinos si no reaccionan como esperamos.

—A veces, la verdad duele, pero estoy seguro de que cuando la sepan, la entenderán.

—Sayana desconfía de Reylan, y yo sé qué le sucede. Ahora está confundida tratándose de adaptar a este lugar y descubriendo todavía nuevas cosas, pero en cualquier momento se dará cuenta.

—Y cuando despierte Sayara, estoy seguro de que ella va ser más rápida y se dará cuenta con solo verle a los ojos. Y no creo que sea bueno que se enteren a través de ellas. ¿No lo crees, Leonila?

—Tienes razón. Deylan no se parece mucho a su padre. En cambio, Reylan es su vivo retrato de cuando era joven. Tiene hasta el mismo color de sus ojos y, para completarlo, hasta su fuerte temperamento. Lo que no tiene es el alma oscura como su padre y sus dones son otros.

—Por eso es que Sayana no se ha dado cuenta, pero Sayara, por lo que cuenta su hermana, es muy rápida, y al verlo se va a sentir incomoda y desconfiada, y eso puede traernos problemas. Y en estos momentos debemos mantenernos concentrados para poder enfrentarnos a Emre.

Deylan esperó a Sayana en el salón. Sabía que en cualquier

momento entraría, la olía cada vez más cerca. Estaba parado junto a los arbustos que adornaban la terraza, vestido de negro, elegante. Medía siete pies de altura; su cabello negro, sus ojos verdes y su postura de príncipe enmarcaban lo místico de su don.

—Te estaba esperando, Sayana.

—Pues..., quédate esperando. Me equivoqué de salón.

Sayana no quiso responderle así, pero apenas pudo evitar verlo y sentir de nuevo el cosquilleo en su estómago. Deseaba sentir en sus labios otra vez ese beso. Mas su orgullo lo entorpeció todo, al verlo tan elegante y con sus ojos mirándola de esa manera. Trató de darse la vuelta, pero ya Deylan la tenía sujeta de la mano.

—Ven, yo sé que eso no es lo que te dice tu corazón.

—¡Mi corazón! —Estaba confundida, apenas podía reaccionar, se sentía otra vez prisionera en sus manos.

—Te voy a mostrar algo, cierra los ojos.

—No, es mejor que te dejes de rodeos.

—¿Por qué eres tan desconfiada? Vamos, déjate llevar, camina unos pasos conmigo, pero mantén los ojos cerrados.

Sayana temblaba con el solo toque de sus manos, no entendía qué la hacía tan vulnerable a Deylan y a la vez sentirse tan protegida.

Acercó su boca a su oído, rozándola y oliendo su aroma de mujer.

—Ya puedes abrir los ojos.

Sus ojos color miel quedaron hipnotizados frente aquel arbusto. Las mariposas más bellas volaban a su alrededor, el arbusto jugaba con sus ramas, retoñaba y florecía manteniéndolas cerca. Su cuerpo empezó a llenarse de energía y a sentirse ligera como cuando estuvo en la cascada.

Deylan podía sentirla. Tomó en sus manos una de las mariposas más hermosas y la acercó a la joven.

—¿Te gusta esa?

La mariposa voló hasta posarse en el hombro de ella.

—Todas son tan... —Sayana dejó caer por sus mejillas lágrimas, era la primera vez que sentía tanta emoción.

Deylan pasó su pulgar por su rostro limpiándolas, atrayéndola y besándola en sus labios.

Esta vez ella respondió a ese beso. Todo su cuerpo se estremecía, y cruzó sus brazos por el cuello de Deylan mientras pasaba los dedos entre sus cabellos negros. Él la atrajo con más fuerza asiéndola por su cintura. A Sayana la poseía una mística energía. Cuando él abrió los ojos, pudo ver el reflejo de sus alas en su espalda; cerró de nuevo los ojos y la besó con más pasión. Ella podía sentir que se elevaba y deslizó sus manos por la espalda de Deylan, notando cómo sus músculos se endurecían; abrió los ojos y vio a una poderosa pantera que la abrazaba con fuerza. Algo mágico estaba sucediendo en esa parte de la dimensión. El poder del amor estaba envolviendo a los dos con mucha pasión.

Cada noche, Reylan dormía a los pies de Sayara. Después de proteger su habitación con la magia blanca, ella dormía tranquila, podía sentir cada latido de su corazón.

Sayara abrió sus ojos, ese lugar le recordaba a sus sueños. Estaba cargada de energía, lista para una nueva batalla. «¡Qué lugar tan cómodo! ¡Si los suelos de los establos fueran como este...!», pensó mientras se estiraba, cuando sintió una sensación muy agradable en sus pies. Parecía la piel de un animal. «Qué suave», siguió tanteando con ellos. Pasó su mano por su abdomen recordando su herida, cuando notó que no tenía su armadura y tampoco dolor. Su pulso se aceleró, sentándose en la cama. Reylan ya estaba a su lado. Sus ojos se cruzaron y Sayara se alejó de él, lanzándose de la cama a toda velocidad, poniéndose en posición de defensa buscando algo a su alrededor para protegerse. Nunca había visto un animal de ese tamaño. Reylan se mostraba poderoso ante la joven. Sabía que ella ya estaba recuperada, y si era toda una guerrera, quizás ese sería su primer encuentro. Sayara lo escrutó directo a sus ojos. Le eran familiares, lo que la hizo inquietarse más. «¿Dónde estoy?», se preguntaba. Trataba de hacer una rápida pasada por su mente para descubrir si era un sueño o realidad. No conseguía respuestas en su cabeza. Reylan comenzó a rondarla con su majestuosa figura negra, tratando de impresionarla. Sayara proyectó su reflejo y se deslizó con rapidez como lo hacía en las batallas. En cuestión de segundos estaba detrás de él y tenía en sus manos algunas piedras de cuarzo que ambientaban la habitación. Con su destreza eran un arma segura. La bestia negra cayó en el suelo con la cabeza golpeada, y transformó su cuerpo.

De repente, la puerta de la habitación se abrió y entraron Sayana y Deylan.

—Sayara, soy yo, tu hermana Sayana..., ¿no me reconoces?

—¡Sayana! Pero ¿dónde estamos? —Ella corrió y abrazó a su hermana.

—Tranquila, estamos en casa. Él es Deylan, y ese, al que atacaste, es su hermano, Reylan, príncipes de Donyian; estamos en otra dimensión.

—Al parecer, estás recuperada, Sayara. Estábamos ansiosos por conocerte. ¿No es verdad, hermano? —dijo Deylan, dándole una mano a Reylan y levantándolo del suelo, con la cabeza sangrándole.

—Estoy confundida, lo siento; él era una bestia y pensé que me iba a atacar. Traté de defenderme.

—Fue una lástima, debías haberle golpeado más duro, siempre trata de dar su mejor impresión.

—Bueno, si no hubierais llegado en el momento justo... —dijo Sayara poniendo de nuevo en su sitio las piedras que le quedaban en la mano.

Reylan sonrió; su chica lo había retado.

—Lo siento, no quería asustarte.

—¿Asustarme? Creo que no, pero no vuelvas a atravesarte en

mi camino, Reylan. La próxima vez te presentas de cuerpo a cuerpo, como un guerrero.

—Vaya, Reylan, te lo mereces... Un reto. En eso, ellas se parecen bastante. —Deylan se rio—. Vamos, hermano, dejemos a las muchachas para que Sayana explique todo a su hermana, y tú, ve a curar esa cabeza. Otro golpe como ese y no creo que hubieras sobrevivido.

Reylan se levantó con la ayuda de su hermano, tambaleándose un poco, haciendo que se desequilibraba y se quedó parado justo frente a Sayara. Quería impresionarla.

La joven levantó la vista y quedó turbada, dando unos pasos hacia atrás, confundida.

—¿Quién dices que eres?

—Reylan.

—¿Qué sucede, Sayara? —A Sayana no le gustaba esa expresión, la conocía.

—Hermana, ¿dónde dices que estamos? —preguntó insegura, sin quitarle los ojos de encima a Reylan.

—Sayana, es mejor que le cuentes todo a ella con más calma; yo me llevo a mi hermano para que le curen la herida —dijo dándole un jalón y sacándole de la habitación. Deylan notó un poco de tensión en la otra joven, pero más intensa que cuando Sayana conoció a su hermano en el salón, cuando hasta él mismo se le enfrentó. ¿Por qué las dos habían reaccionado así cuando lo vieron? ¿Había algo en Reylan que a ellas las hacía mantenerse alertas, o sería solo su intuición?

Sayana abrazó a su hermana. Gracias a ella estaba ahí. Deseaba enseñarle todo, pues el lugar era tal y como ella se lo describía en sus sueños.

—Sayara, tienes que saber algo.

—No entiendo qué ocurre, hermana, ¿seguimos dormidas?

—Eso mismo pensé yo cuando me desperté, pero no, tu sueño solo mostraba una parte de la realidad. Esta es otra dimensión, un mundo paralelo al que estábamos nosotras y al cual pertenecemos.

—¿Pertenecemos?

—Sí, todo fue planeado por Emre.

—Ese desgraciado... —A la joven comenzó a sudarle el cuerpo y a sentir un fuego en el tobillo. Se lo sujetó tratando de aplacar el dolor que, de repente, le vino tan solo con escuchar el nombre de Emre.

—¿Qué es esto, Sayana? ¿Por qué tengo esa marca en mi pie? Es una letra... una E... ¿Tú tienes una marca también?

—No, hermana. Al parecer, antes de cruzar el umbral hacia esta dimensión, Emre logró entrar en tu mente. ¿Recuerdas? Las dos estábamos heridas, casi muertas, y él se aprovechó de eso. Dejó una conexión contigo cuando se percató de que yo había traspasado la dimensión y se dio cuenta de que no le quedaba otra alternativa, porque sus planes, que durante años había estado preparando, se vendrían abajo; ese era su objetivo cuando nos secuestró. Ahora, tú estás atada a él.

—No te estoy entendiendo.

—Esta es una tierra donde vive gente como nosotras, con ciertos poderes, y vivían en armonía; pero cuando éramos muy pequeñas, el día que hacían entregan del poder de la realeza, Emre desató una guerra, mató a nuestro padre y a nuestra madre. Eran los reyes del Este.

—¿Reyes?

—Sí, todo lo tenía planeado. Era un invitado más, pero su avaricia lo cegó. Su poder era uno de los más poderosos. Al tenernos a nosotras, gobernaría las dos dimensiones.

—Entonces, ¿no es nuestro padre? Por eso siempre nos maltrató; solo nos quería para su objetivo, y el muy desgraciado mató a nuestros verdaderos padres.

—Eso fue lo que él creyó.

—¡Entonces están vivos! Vamos, Sayana, quiero conocerlos.

—Espera, hermana. Nuestro padre está vivo, pero nuestra madre, no.

—¿Nuestro padre?

—Sí, que también lo estaría si no hubiese sido porque, en ese momento, había invitados de otros reinos que lucharon con todo su poder hasta que lograron desterrar a Emre. Pero, por desgracia, nos llevó consigo para completar su objetivo.

—Sayana, esta historia está muy enredada.

—Vamos a que conozcas a nuestro verdadero padre. Y quiero

que veas qué ropas más bonitas hay en tu armario.

—Espera, ¿y quién es ese muchacho al que golpeé en la cabeza?

—Yo sabía que él no se te escaparía. No te preocupes, estará bien.

—¿No te fijaste en algo?

—Que es guapísimo, y deja que veas cómo lucha: como un guerrero; tiene una fuerza como un demonio, con sus rugidos es capaz de detener una tropa de hombres. Imagínate esa bestia negra desgarrando con sus colmillos todo el ejército de Emre.

—Eso, Sayana, es a lo que me refiero. ¿No te diste cuenta del parecido que tienen?

—La verdad que sí tuve la sensación de que lo conocía, pero no me di cuenta hasta ahora.

—¿No será que nos está espiando? Ya ves, mira cómo hizo para dejarme marcada.

—Tranquila, Sayara, nunca han salido de esta dimensión. Hasta ellos mismos estaban confundidos cuando llegamos. Y él ha cuidado de tu sueño cada día y cada noche, como un guardián.

—De todas maneras, no voy a bajar mi guardia.

Sayara observaba todo a su alrededor. Había elegido un vestido de color rosa con tonalidades verdes que con su cabello rizado negro y su piel blanca realzaba más su belleza. Mientras avanzaba por los pasillos del palacio, trataba de disimular, pero sentía cómo le dolía el tobillo.

Seyan la esperaba en la misma terraza del salón donde durante muchos años ella lo había estado visitando. Vestía de igual manera, con su atuendo blanco.

—Ese es nuestro padre, hermana, tal y como lo describías en tus sueños.

Seyan extendió sus brazos y abrazó a Sayara fuertemente.

—Hija, al fin estás con nosotros en tu verdadera casa.

Sayara quedó impresionada, nunca había recibido un abrazo.

—¿Eres mi padre?

—Sí, Sayara, nunca te lo dije cuando me visitabas en tus sueños. Debía mantenerlo en secreto. Yo no sabía cuál sería tu reacción, y con cualquier malentendido podía perderte y no estaba dispuesto a hacerlo de nuevo; al menos, de esa forma, sabía que estabais vivas.

—Pero yo... —No terminó de hablar cuando, de nuevo, Seyan abrazó con sus fuertes brazos a las dos por unos momentos tratando de transmitirles toda su energía, lleno de emoción.

Sayara callaba. Estaba confundida, mas el dolor quemante de su tobillo no la dejaba ver las cosas con claridad.

Leonila, acompañada de sus hijos, apareció en el salón. Reylan vestía de negro con mucha elegancia. Con su pelo negro, sus ojos verdes amarillentos y, al igual que su hermano, con siete pies de altura, avanzaba hacia ellos majestuosamente. Reflejaba fuerza y poder.

Sayara quedó impresionada. Los pocos recuerdos que tenía de

su niñez le venían como ráfagas a su cabeza. Le parecía estar viendo a Emre cuando era joven, eran casi idénticos. Aunque Deylan y él se parecían, ella podía afirmar que Reylan y Emre tenían algo en común.

—Eres muy hermosa, Sayara. Esperábamos con ansiedad que despertaras. —Leonila miró de reojo a Reylan, que no le quitaba los ojos de encima desde que entraron al salón.

—Gracias, estamos muy agradecidas por lo que hicisteis por nosotras.

Reylan dio unos pasos acercándose más hacia la joven. Cuando Sayara lo escrutó con su mirada desafiándolo y se giró situándose frente a él, sin ocultarlo, volvió a preguntarle delante de todos:

—¿Quién eres realmente? Podrás engañarlos a todos, pero no a mí.

Seyan y Leonila quedaron en *shock*. Sabían por qué ella reaccionaba así.

—Son mis hijos, Sayara. Casi todos los hombres de nuestro reino tienen algún parecido, y si pertenecen al linaje de la realeza, más. Es posible que lo confundas con alguien.

—No lo creo. A mí no se me olvidan las caras, y él es igual a...

—Sayana iba a pronunciar su nombre cuando su tobillo la hizo doblarse del dolor quemante delante de ellos.

—Hermana, ¿cómo te puedo ayudar?

Deylan la levantó en brazos y la colocó sobre uno de los muebles del salón.

—Sayana, esto es muy doloroso, no puedes curarme... —Apenas salían de su boca palabras.

Seyan trató con su poder de sanación estabilizar un poco su dolor, pero era en vano. Ya lo había intentado otras veces y lo que conseguía era empeorarlo.

—Necesito plantas. Sayana, prepárame una cataplasma como lo hacía Mahiara. Quizás eso me ayude.

Algunas brujas de magia blanca aparecieron al escuchar el llamado de Seyan. Vendaron alrededor de su tobillo plantas con un hechizo de protección y bloqueo.

—No se puede hacer nada más, hermana. Con esto es con lo que te hemos mantenido.

Reylan se había quedado inmóvil en el mismo lugar, tratando de atar cabos. Cuando su hermana lo vio la primera vez también tuvo la impresión de que lo conocía, pero ahora, por segunda vez, Sayara le había hecho la misma pregunta: «¿Quién eres?». Era como si fuera su enemigo, y apenas lo conocían. ¿A quién se parecía que ellas mostraban desconfianza?

Capítulo 4

Con el paso de los días, Sayara trataba de resistirse al dolor bloqueándolo como Mahiara le había enseñado y añadiendo las hierbas atadas a su tobillo con hechizos protectores, pero debajo de todo eso sentía un anillo abrasador que la dejaba casi sin aliento; no obstante, había aprendido a mantener su posición erguida delante de todos.

Entrenaba a todos junto a su hermana, Deylan y Reylan. Aunque de este prefería mantenerse un poco alejada, había algo en él físicamente que lo rechazaba, pero a la vez había empezado a sentir una cierta atracción hacia él. Era muy caballeroso, educado y desplegaba una poderosa fuerza cada vez que entrenaban, cualidades dignas de un futuro rey.

Después de un largo día de entrenamiento, las jóvenes se sentaron debajo de unos de los frondosos árboles del palacio, aflojándose las armaduras.

—Sayana, estaba pensando que, a pesar de que los habitantes de esta dimensión estén bien entrenados, no bastaría solo para derrotar a... tú sabes quién. —Ella había optado por no mencionar el nombre de Emre, porque cada vez que lo hacía era como si lo llamara y su pie era el que se lo recordaba.

—En eso mismo pensaba, hermana. No solo han aprendido a

bloquear sus mentes. ¿Has visto? Hasta los que menos poder tienen, han logrado fortalecerse.

—Sí, pero solo tú y yo sabemos que va a ser muy difícil derrotarlo, diría que imposible.

—Sí, en el mundo de los humanos es despiadado y desahucia a todos de su humanidad, y a las brujas las hace cenizas, pero ¿te imaginas aquí? Todos tienen poderes, hasta el más insignificante habitante de esta dimensión.

—Por eso mismo debemos crear una buena estrategia de defensa. Con todo el dominio que tiene, si logra traspasar el portal y absorber la energía de algunos de los habitantes más vulnerables, se volvería aún más indestructible.

—¿En qué pensáis, muchachas? El entrenamiento de hoy ha sido agotador. Podemos dar unos días de descanso a los habitantes. —Deylan le dio un beso a Sayana delante de Sayara y su hermano.

—¿Qué...? —dijeron al mismo tiempo Sayara y Reylan.

—¿Qué dices, Deylan? No podemos darnos ese privilegio; en una guerra no hay descanso. El enemigo no a va darte esa oportunidad.

—Hermano, ¿lo teníais oculto? ¿Desde cuándo tenéis algo? —Reylan rio. En esos momentos deseaba hacer lo mismo, mostrarle su amor a Sayara, pero ella mantenía una barrera entre ellos y apenas podía acercársele.

Sayara lo miró.

—Y yo pensé que tú habías protestado porque pensabas lo mismo que yo, pero ya veo cuál es la prioridad.

—No te pongas así, hermana. Hemos tratado de disimular, pero estamos enamorados y en verdad no hay por qué ocultarlo. Tú también deberías pensar en abrir tu corazón, aquí somos libres.

—Se me ocurre que podemos convocar un baile en el reino. Hace mucho que no hacemos uno, e invitaríamos a todos los habitantes de los otros reinos. Y en el viaje, nos reuniríamos para discutir la estrategia de protección de nuestra dimensión. —Deylan transformó su cuerpo en pantera echándose al lado de la joven Sayana, que lo acarició deslizando sus manos por entre sus pelos negros.

Reylan gruñó. Esa idea no le gustaba mucho. Sayara se había impregnado en él desde que la conoció a través de su olfato, y aunque ella no lo dejara acercarse, no quería que otro ser de ninguna dimensión se interesara por la joven, porque, aunque tuviera que desatar una guerra, lucharía por conquistar su amor. Por ahora, solo era cuestión de tiempo que ella levantara la barrera que los separaba y él pudiera conquistarla como se merecía.

—¿Sabes qué? Como guerrera, está bien tu idea, pero todavía no estoy interesada en la otra opción.

Reylan levantó los ojos y la miró de frente a los suyos. Esa era la guerrera que había visto la primera noche que supo que visitaba a su padre. Respiró hondo y transformó su cuerpo en pantera alejándose de ellos.

Sayana y Deylan comenzaron a juguetear revolcándose en la tierra alrededor del árbol.

—Ya veo que sobro, me voy. —Sayara se levantó y corrió a alcanzar a Reylan; cuando él estaba transformado era cuando le inspiraba confianza.

Reylan escuchó la voz de la joven y giró su cabeza mirándola de reojo; volvió a respirar hondo.

—Sayara, mañana, antes de que despunte el alba, te espero en la entrada del palacio; te quiero mostrar algo.

—¿No es muy temprano?

—Es justo la hora ideal, no llegues tarde.

—Seré puntual.

Leonila observaba desde la terraza a los jóvenes. Veía de lejos a Sayana y Deylan, disfrutando del amor. Pero, al parecer, a Reylan le costaba acercarse a Sayara, o esta no lo dejaba. Tenía que llenarse de valor y hablarles a sus hijos sobre su padre, pero temía una mala reacción de parte de ellos. Quizás incluso ellas los rechazarían cuando lo supieran al sentir tanto odio hacia Emre y al parecido físico con los jóvenes.

Después de la cena, disfrutando de unas copas de vino en el salón, Sayana y su hermana decidieron retirarse a sus habitaciones.

—Hijos, no os vayáis todavía, quiero hablar de algo importante con vosotros.

—Ahora, madre.

—¿Qué sucede? —preguntó Reylan, mientras pensaba: «¿Tendrá algo que ver con el rechazo de las muchachas? ¿Será que ella sabe la respuesta?».

—Quiero hablaros de algo muy importante.

—¿Hay más secretos escondidos, madre? —A Deylan ya le empezaba a gustar la idea de cosas nuevas en su dimensión.

—¿Por una vez podéis tener algo de seriedad? —reclamó Seyan—. Vuestra madre quiere deciros algo muy difícil que podría cambiar vuestras vidas para siempre.

Un silencio rondó en el salón. La cara de los jóvenes se tensó.

—Nunca os he hablado de vuestro padre.

—Tú nos dijiste que había muerto en la guerra, ¿o no es así?

—No, Deylan. Os mentimos.

—Vuestro padre vive.

—Madre, por favor, no digas nada más, no quiero saberlo. Prefiero seguir pensando que está muerto. —Reylan empezó a respirar entrecortadamente, transformó su cuerpo en la enorme y salvaje bestia negra y saltó sobre unos de los muros del palacio, tratando de respirar hondo y llenar sus pulmones con todo el oxígeno de la dimensión. Ahora entendía por qué ellas habían reaccionado como si lo conocieran. Seguro él se parecía a su padre físicamente.

—¿Por qué Reylan ha reaccionado de esa forma? ¿Es nuestro padre quien él sospecha?

—Sí. Tu hermano tiene la misma expresión, el color de los ojos y esa fuerza poderosa que despliega con solo la mirada y que hace que todos lo respeten.

—¿Estás queriendo decir que yo no soy tan fuerte como él?

—No he dicho eso. Tú eres tan fuerte como él, y todos te respetan. Tu energía vital es muy poderosa. ¿Recuerdas a los hijos del rey Achen? ¿Cuántas veces tuvimos problemas con ellos? En dos ocasiones, Reylan casi le arranca el cuello de un mordisco a unos de sus hijos. Si no llegamos a tiempo para impedirlo, estaríamos en guerra con ellos. Es muy testarudo y dominante, siempre nos ha costado dominar sus instintos salvajes. Y ya has oído los cuentos de las jóvenes, acerca de que Emrc es un ser despiadado y sanguinario.

—Por eso es que Sayara y Sayana no se sienten cómodas cuando está él presente. Pero Reylan no es así. A él siempre le ha gustado lucir su fortaleza delante de los otros, saber que le temen e inspira respeto, pero en el fondo es como nosotros, no es como Emre. Y madre, las peleas con los hijos de Achen no tienen nada que ver. Él siempre me defendía de ellos porque mis colmillos todavía no estaban desarrollados; es verdad que casi se excedía, pero no eran más que cosas de jóvenes.

—Reylan se parece mucho a Emre cuando era más joven, pero

tienes razón: en el fondo es como nosotros, aunque su apariencia refleje otra cosa.

Seyan caminó hasta Reylan.

—Déjame solo, Seyan. Necesito asimilar la noticia.

—Creo que hicimos mal en ocultaros la verdad, pero debéis entender que fue para tratar de dejar en el pasado la crueldad de él y que no crecierais pensando que vosotros podíais llevar dentro todo su poder, lleno de maldad y destrucción. Y creo que en eso no nos equivocamos. Tu hermano y tú tenéis un alma limpia.

—¿Y por qué todos me temen? ¿Es porque me parezco a él?

—No, no te temen, te respetan, te lo has ganado, es digno de un futuro rey. Sí, te pareces a tu padre, pero solo en el físico. Tu fortaleza, tu poder, tu destreza, esas cualidades son tuyas. Es lo que tú has logrado. Y estás preparado para enfrentar a tu enemigo, no importa quién sea, siempre y cuando sea por proteger nuestra dimensión.

—Nunca podré conquistar a tu hija, Seyan. Siento cómo Sayara me rechaza y se aleja. Lo único que puedo ganarme de ella es el odio si es verdad que me parezco a mi padre.

—Solo está confundida, ha sido un cambio muy brusco. Y su mente ahora solo está enfrascada en derrotar a Emre, que es en lo que deberías de pensar. A las mujeres hay que darles su tiempo.

—Amo a tu hija desde la primera vez que descubrí su olor en el aire. Me destrozaría que ella nunca me aceptara.

—Lo sé. Y va ser algo difícil, pero solo está en tus manos que ella cambie su idea de la imagen que tiene creada en su cabeza. Que le demuestres que, aunque te parezcas a tu padre, no eres igual a él. Por eso no puedes dejarte llevar por ningún tipo de sentimiento negativo.

—Gracias, Seyan, por tus sabios consejos. Voy a caminar un poco por los bosques esta noche. Necesito ordenar mis pensamientos y acostumbrarme a la idea de saber quién es mi padre.

Reylan saltó varias veces sobre los muros alcanzando el césped que rodeaba el jardín del palacio, y corrió hasta que la oscura y gran bestia negra se mezcló con la oscuridad de la noche, adentrándose en los bosques que colindaban con las praderas cercanas al reino.

Sayara apenas había podido pegar ojo. El constante dolor la mantenía despierta. Al parecer, su destino era no descansar en ninguna de las dos dimensiones.

—Llevo rato esperándote. ¿De dónde vienes? Traes una cara que parece que no has pegado ojo en toda la noche.

—Yo diría que tú tampoco —gruñó Reylan.

—Si no fuera por esa unión que me ata a tú sabes quién, quizás podría descansar.

—No quiero saber de él. —Reylan miró a Sayara intensamente, tratando de expresar odio y a la vez pasión.

Ella suavemente dio unos pasos hacia atrás, volvió a ver al mismo Emre, pero el fondo de sus ojos quería decir otra cosa.

—Esa es la razón por la que no quiero saber de él.

—No te estoy entendiendo.

—Sí, lo sabes. Pero nunca te haré daño, te protegeré con mi propia vida... siempre.

Aunque el dolor torturaba constantemente a Sayara, su belleza era exuberante y mística, mezclada con esa fuerza interior que la hacía más atractiva y deseada a los ojos del joven príncipe.

—¿Qué te pasa, Reylan? Estás muy extraño, me estás...

Sayara no había terminado de hablar cuando Reylan, con una sorprendente agilidad, la atrajo, la besó con extremo deseo y la abrazó fuertemente contra su pecho.

Era su primer beso para ambos. Él nunca había deseado besar a otra joven desde que ella se apoderó de su olfato y su corazón.

Sayara no opuso resistencia a ese beso apasionado, pues se adueñó de ella un desconocido sentimiento que la hizo estremecer y, a la vez, sentirse protegida.

—¿Me entiendes ahora, Sayara? Te amo con todo mi corazón, pero... —Reylan le hablaba al oído mientras olía su cabello, cuando prefirió no continuar, y la besó de nuevo. Quería contarle la verdad, pero si ella lo supiese, ese mágico momento quizás llegaría a su fin.

Esta vez Sayara se dejó llevar y le respondió con la misma intensidad. Su cuerpo comenzó a cargarse de una extraña energía que la hacía sentirse ligera. Mas algo la hizo volver a la realidad. Sintió cómo su tobillo se le estrechaba, como apresado por un anillo que tiraba de ella.

Reylan transformó su cuerpo y lanzó un poderoso rugido, lleno de pasión y, a la vez, odio hacia su padre. Sabía que su presencia había interrumpido el maravilloso momento con su guerrera.

—¿Estás bien, Sayara?

—Sí, ya pasó. ¿Qué es lo que me querías mostrar?

—Vamos, en la entrada hay un crevalli. Es un poco lejos.

—Me gustan más los caballos; lástima que no haya en esta dimensión.

—Usamos estos animales para los que no pueden volar ni desplazarse con rapidez. Solo tienes que mantenerte firme encima de ellos, porque si sienten que no los puedes controlar, se paran para que te bajes y te dejan abandonado donde estés porque creen que no eres digno de ellos.

—Vaya, ya lo puedo sentir. Está refunfuñando. Pero, vamos, a este animal lo puedo controlar.

—Por lo que nos has contado, son más rápidos y fuertes.

—No te lo puedo negar; si quien tú sabes tuviera uno de estos animales...

—No quiero hablar de él —espetó Reylan, con un tono despreciable—. Sígueme.

Sayara, montada en el crevalli, iba al mismo paso de Reylan, atravesando las sabanas hasta llegar a los linderos del bosque que separaba un reino de otro.

El crevalli tenía un lomo ancho y musculoso al igual que sus patas, que terminaban en unas marcadas pezuñas divididas. Tenían casi dos metros y medios de altura, la cabeza puntiaguda y alrededor de su cuello crecían las crines, que se usaban para sujetarse a ellos y cabalgar.

—Sayara, en este bosque debes tener un poco de cuidado. Está lleno de sorpresas.

—Desde que llegué a esta dimensión todos los días están llenos de ellas.

Se miraron desafiándose, adentrándose en él.

Reylan transformó su cuerpo y buscó algunas hierbas finas y se las colocó en los oídos.

—Toma, ponte esto en los oídos.

—¿Para qué sirve eso?

—Debemos proteger los oídos del canto de los zunzani.

—¿Es otra especie de animales extraños?

—Los zunzani son las aves más pequeñas que existen en esta tierra, pero su canto puede ser tan fuerte que son capaces de destruirte el oído y perderías la audición.

—Lo que me faltaba, coja y sorda. ¿No podemos ir por otro lado? —A Sayara no le estaba gustando mucho la idea, no entendía por qué él la llevaba tan lejos del palacio.

—¿Tú no eres una guerrera? ¿A qué le temes?

—No le temo a nada, Reylan, es solo que no entiendo por qué hemos venido solos tú y yo.

—Bájate del crevalli, Sayara. Lo haremos caminando; es más seguro. Hazlo con cuidado, por favor.

—Más seguro... —Ella lo miró de reojo.

—Cuando lleguemos, verás por qué quería que viniéramos solos.

Los árboles que poblaban el bosque tenían una forma algo diferente a los que ella había visto en el mundo de los humanos. Su verde era intenso, las raíces sobresalían de la tierra, los troncos eran delgados en la parte baja y se iban engrosando hasta la copa del árbol formando una bola gigante llena de hojas; en la parte inferior brotaban pequeñas ramas sin hojas por todo el tronco.

—Trata de no pisar una raíz.

—No. ¿Por qué?

—Mejor no preguntes.

—¿Sabes? Me estás cansando. Seguro que me agarran y me pegan en el trasero por haberles pisado sus raíces.

Reylan rio.

—Haz la prueba; después no digas que no te advertí.

—Yo los he visto hacer cosas peores, así que no pienso que hagan... —Sayara acababa de pisar unas de sus finas raíces y la quebró involuntariamente por estar entretenida con Reylan.

El bosque empezó a deshojarse y el árbol al que le había

quebrado su raíz disminuyó su tamaño, la asió por la cintura y comenzó a azotarla con las delgadas ramas en el trasero, como ella misma había dicho.

—Basta... ¡Reylan, están locos, diles que pare!

—Yo no puedo hacer nada, te lo advertí.

—Me las vas a pagar, Reylan. Por eso me trajiste. Si querías luchar, habérmelo dicho. —La joven forcejeó con el diminuto árbol, pero este más fuerte la sujetaba y la pegaba.

—Piensa en algo bonito, como que los estás regando o acariciando, no sé, algo que se te ocurra. Intenta... —Él reía.

—¿Cómo voy a pensar en algo bonito cuando me está golpeando?

—Hazlo ya o no va a parar.

Sayara trató de bloquear el dolor y logró proyectarse fuera del árbol. Comenzó a hacerle cosquillas y acariciarlo. Empezó a sentir cómo él árbol le hacía lo mismo a ella, y una paz le recorrió el cuerpo, hasta que terminó abrazándolo con cariño y disculpándose en su voz interior con él.

Reylan abrazó a la joven.

—Por mucho que quisiera, no podía ayudarte: solo en tus propios pensamientos estaba la respuesta. Por eso es conocido como el bosque de los pensamientos. ¿Estás bien o quieres regresar?

—Sí, estoy bien... Qué extraño, no parece que me hubiera dado una golpiza.

—Sigamos. Todavía no hemos llegado, pero fíjate bien en donde pisas.

—Vamos.

La vegetación empezó a cambiar. Los árboles eran más pequeños y con espesas ramas, hacían olas de colores y el suelo se cubría de musgo, donde brotaban ramilletes de diminutas flores.

—Este lugar es hermoso.

—Ven, mira esas flores de cerca.

—Vuelan.

—¿Puedes ver algo?

—Creo que veo a personas diminutas.

Las flores comenzaron a revolotear a su alrededor.

—Sí, son las hadas de este bosque. Lo cuidan y lo protegen, pero no las toques. Si no, no saldremos nunca más de aquí; querrán jugar todo el tiempo.

Reylan sujetaba de la mano a Sayara, guiándola y disfrutando de lo mágico del bosque. Aquella bestia negra mostraba su lado humano y sensible a la joven. A Sayara la estaban envolviendo sentimientos felices que ella nunca había sentido precisamente al lado de la persona en la que más desconfiaba.

En el medio del colorido bosque había un claro y se veía una gran cantidad de pequeñas aves verdes y azules revoloteando.

—Tápate bien los oídos, Sayara.

Reylan transformó su cuerpo y saltó hacia las aves, emitiendo un fuerte rugido, haciendo que estas salieran en bandadas formando círculos. Sus sonidos eran tan fuertes que la joven pensó que se le iban a reventar los oídos.

—Vámonos antes de que regresen.

El bosque limitaba con un enorme farallón con el otro lado.

—No podemos seguir, habría que buscar una forma de bajar o de cruzar.

—Sí, sí se puede cruzar.

—Entonces, vamos a seguir.

—No, espera, siéntate aquí. —Reylan se dejó caer en la tierra y atrajo a Sayara a su lado.

—¿Aquí es donde me querías traer?

Ella lo miró, pero no directo a sus ojos.

—Sé que no puedes mirarme a los ojos. Te entiendo que te inquietes, pero debes confiar en mí.

En unos minutos, el sol cubrió toda la sabana que estaba del otro lado del farallón. Mostrando un enorme palacio, destellaba. Todo a su alrededor se cubrió de flores y de mariposas.

—¡Es realmente hermoso! —Se paró cerca del extremo. A Sayara comenzó a fluirle energía por todo su cuerpo y este se volvió tan ligero que sintió cómo se elevaba. Los rayos atravesaron su imagen dejando ver dos hermosas alas de mariposa verdes y rosadas.

—Eres bella, única. —Reylan la observaba, anonadado.

—¿Qué es esto? Tengo alas en mi espalda. —Mas su felicidad

duró poco. De nuevo sintió el fuerte tirón en su tobillo y la hizo regresar a la realidad.

Reylan la atrapó en sus brazos antes de que cayera al vacío.

—¿Puedes caminar?

—Sí, pero antes dime qué lugar es este.

—Es el reino de Seyan. Tu hermana y tú pertenecéis a este lugar.

—¿Por qué mi padre vive en tu palacio? ¿Es que Leonila y él son esposos?

—No, desde que... —la miró— él desató la guerra, tu padre decidió irse del lugar.

—No entiendo por qué de repente el palacio apareció de la nada.

—Siempre está ahí. Tu mamá era una bruja de magia blanca y todas las brujas de ese reino lanzaron un hechizo para protegerlo y ocultarlo por si él regresaba, pero al amanecer, los primeros rayos siempre levantan el velo dejando ver lo maravilloso que cubre el hechizo.

—Han pasado muchos años. Mi padre debería haber regresado. ¿Por qué no lo ha hecho? Quizás él ame a tu mamá. Si fuera así, podían haber formado un matrimonio.

—No, no pueden. Seyan enviudó, pero mi madre, no. Ella sigue casada.

—Entonces, ¿dónde está tu padre? ¿Por qué no lo hemos visto?

Reylan sintió cómo su sangre bombeaba, quería contarle a Sayara toda la verdad. Sus ojos se tornaron más amarillentos y su expresión se hizo sombría. Se apoderó de él un sentimiento oscuro, y se convirtió en pantera antes de que ella notara el odio hacia su padre. No querría perderla si supiera la verdad.

—Vamos, Sayara, sígueme, debemos regresar. Hoy comienzan a llegar los invitados de todos los reinos de la dimensión.

Ella lo miró sorprendida. Hasta ese momento era Reylan, y ahora... ¿qué estaba pasando? Le daba la impresión de que él le ocultaba algo.

Capítulo 5

Deylan estaba muy callado entrenando al lado de Sayana. Constantemente la observaba. Quería contarle a la joven quién era su padre, pero prefirió callar. Pensaba igual que su hermano. Su amor y deseo de protección hacia la joven cada día crecía más y, si supiera la verdad, quizás la perdería. Incluso podría rechazarlo y sentir odio hacia ellos. Pero si no lo hacía, también corría el riesgo de perderla por sentirse traicionada.

Ni siquiera él mismo sabía la verdad. Recién se había enterado porque Reylan tenía cierto parecido a Emre.

—Deylan, hoy has estado muy distante durante el entrenamiento.

La miró con dudas.

—Debo contarte algo muy importante.

—¿A qué esperas para hablar?

—Mi madre nos reveló ayer a Reylan y a mí la verdad sobre nuestro padre.

—¿La verdad?

—Sí, nos cogió de sorpresa, y te digo que hubiera preferido seguir creyendo que había muerto en la guerra.

—¿Y no es así?

—No, y saberlo nos ha causado una gran decepción.

Ella se acercó y lo acarició. Desde que conoció a Deylan, nunca lo había visto inquieto. Siempre estaba alegre.

—Un padre es un padre.

—No, Sayana, eres una guerrera, pero en el fondo eres dulce y sentimental.

—No, Deylan. Puedo ver la maldad y la bondad. Siempre odié a Emre por todo lo que nos hacía, pero, a pesar de todo, terminaba perdonándolo porque era mi padre.

—¿Seguro que lo perdonabas, o aceptabas la situación?

Sayana se quedó pensativa... la había hecho reflexionar.

—No, no era perdón, ni siquiera lo aceptaba. No tenía otra opción, siempre nos maltrató, torturó, y terminaba a su lado otra vez no porque lo quisiéramos, sino para proteger a los humanos. Mi hermana y yo sabíamos que teníamos algo sobrenatural respecto a ellos y lo usábamos en su contra. Pero ahora que sé toda la verdad sobre mi verdadero padre, Seyan, siento alivio por todos esos sentimientos de odio que tenía hacia Emre. Tienes razón, saber la verdad a veces nos cambia la vida. Ahora puedo luchar contra él.

—Espero que no odies ni a mi familia ni a mí, porque entonces destruirás mis sentimientos y mi vida. —La abrazó y la miró de frente a sus ojos—. Te amo, Sayana. Yo no tengo la culpa de que Emre sea mi padre, perdóname por todas las cosas que os hizo a tu hermana y a ti.

Ella lo miró, sintió cómo en su garganta se le hacía un nudo. Todos sus sentimientos se volvieron un caos en su interior.

—¿Tu padre es... Emre? —Sayana quería que la tierra la tragara. Sostuvo su mirada, buscando en lo profundo de sus ojos y deseando que no fuera verdad.

—No me odies, Sayana. —Deylan la abrazaba contra su pecho, tenía miedo de soltarla.

—Por favor, Deylan, suéltame. —Sayana respiró profundamente y se separó unos pasos—. Por eso es que Reylan nos resultaba familiar. ¡Es su hijo!

—Sí, somos sus hijos, pero no somos crueles ni sanguinarios como vosotras describís a Emre.

—Esto es muy difícil de entender.

La joven guerrera mostraba erguida su confianza, segura, parada cerca de él, donde el aire la cargaba de energía. Su cabello rojo ondeaba. Todo a su alrededor parecía místico.

—Deylan, cada cual es un ser independiente. Vosotros no tenéis por qué llevar sobre sus hombros la culpa de vuestro padre. No tienes ni idea de cómo es él. Por mi parte, no tengo nada que perdonar. Solo tú sabrás si te mantienes como hasta ahora de nuestro lado o afecta en algo que sepas la verdad.

—He crecido y he sido educado como un príncipe, tengo mis principios y defenderé a esta dimensión. No importa a quién tenga que enfrentarme.

—De eso es de lo que tienes que preocuparte. Mis

sentimientos hacia ti no van a cambiar, Deylan. Pero me preocupa, Sayara; no creo que se lo tome de igual forma.

—Reylan, lo sospechaba; sentía que detrás de sus preguntas y desconfianzas se escondía algo. Ayer no quiso ni escuchar. Ha pasado toda la noche en los bosques y no ha regresado.

—Por eso hoy no vino a entrenar, aunque mi hermana tampoco. No estaba en su habitación. Es muy extraño.

—Para él va a ser muy difícil contárselo. Ama a tu hermana desde hace muchos años. Cuando apenas era un muchacho, podía olfatearla y sabía que era ella. Se enamoró de su olor sin conocerla.

—Creo que va a ser mejor que sea el mismo Reylan quien le cuente la verdad.

—Por ahí vienen; al parecer, de los bosques.

—Sayara irradia felicidad, lo puedo sentir. No creo que ella sepa la verdad.

—Y mi hermano está transformado.

«Estoy sintiendo mucha energía, creo que estás recuperada. Ya va siendo hora de que empieces a trabajar para mí, Sayara. Tu tiempo es mío». Emre había arrasado más pueblos y desahuciado a más humanos; su poder y su ejército cada vez crecía más. La devastadora oscuridad se esparcía con su venenosa crueldad por el mundo de los humanos.

Sayara se detuvo y su cuerpo se desplomó. Los tres jóvenes

estaban a su alrededor. Cuando ella se recuperó, abrió los ojos.

Sayana la miró. Estaba dominada por Emre. ¿Cómo era posible?

—Sayara, reacciona, debes bloquear tu mente. ¡Ahora! —le ordenó Sayana. Sabía de lo que ella podía ser capaz en unos segundos, y no quería luchar contra su propia hermana.

Reylan y Deylan comprendían a lo que se referían las jóvenes; los ojos de Sayara estaban inyectados en sangre, no tenía control de su cuerpo. Sayana les había pedido que estuvieran preparados.

—Mi esclava Sayara, ¡qué bien se siente ver a través de tus ojos! Puedo verte a ti también, querida Sayana... —Emre reía—. ¿Quiénes son ellos? Muy buenos guerreros, los puedo oler. Vaya, Leonila ha hecho un buen trabajo. Mis hijos: Deylan y Reylan... —Emre reía con más fuerza—. Reylan, creo que tú y yo tenemos algo en común. Y yo necesito esa fortaleza y esa juventud que tienes.

Reylan transformó su cuerpo en la bestia negra. El olor fétido de Emre se estaba esparciendo en el aire. No podía seguir viendo cómo controlaba a su guerrera, a su amor. Sintió tanto odio hacia su padre que, con un solo poderoso y fuerte rugido, logró hacer que Emre dejara a la joven tranquila.

—¿Qué hago en el suelo tendida? —Se levantó Sayara enérgica—. ¿Por qué me miráis de esa manera?

—Tienes que bloquear tu mente, hermana.

—¿Qué ha pasado? Hoy me siento muy feliz.

—Él te ha dominado y desahuciado por unos minutos.

—No puede ser que yo no lo haya notado. Ni siquiera siento dolor en el pie.

—Quizás solo te usó para rastrear. Pude sentir que alguien nos estaba observando. Y no quisiera equivocarme, pero fue a través de tus ojos, Sayara. —Deylan estaba inquieto, siguió su rastro, pero se desvaneció en el aire.

—Todavía no tiene ese poder. ¡Oh, no es posible, hermana! Recuerda que soy su esclava.

Reylan se mantenía un poco distante, pues no quería que la joven volviera a rechazarlo. Acababa de confesarle su amor.

—Por eso, debes mantener la mente bloqueada.

—Hermana, prométeme una cosa. —Sayara la sujetó por los hombros.

—No me lo pidas, por favor, eso no. Tú sabes que no podría.

—Prométemelo, hermana. Sin piedad, si vuelve a pasar, decapítame.

—Nooo... —todos gritaron.

—¡Estás loca! —Reylan se enfureció—. Yo me enfrentaré a él.

—Es la única solución; soy su única oportunidad para traspasar a esta dimensión, y la única manera para ser derrotado es cortando esa conexión. Y tiene que ser así. Sabes que, si me domina, puedo ser tan destructiva como él.

—No, Sayara, él tiene que cruzar el umbral, pero no puede volver a salir de aquí —Deylan habló pausado como Seyan.

—Hoy llegarán los invitados de los otros reinos. Cuando estemos todos, nos prepararemos para luchar unidos. Debes mantenerte tranquila, no creo que vuelva a desahuciarte. Estoy seguro de que necesitó mucha energía para hacerlo.

—Ellos tienen razón, hermana. ¿Puedes decirme si te duele el tobillo?

—No, es la primera vez.

—Vamos, Sayara, te voy a llevar a un lugar para que sigas sintiéndote feliz.

El rostro de la joven cambió; recordó el hermoso amanecer que había disfrutado con Reylan. Ambos se miraron, pero su pequeño descuido atrajo la atención de Sayana y Deylan.

—Vamos, hermana, quiero ir contigo.

Reylan bajó su mirada.

Sayara necesitaba sacar toda esa energía que la hacía sentirse sana, su rapidez había sido frenada en esos días por el insoportable dolor quemante en el pie. Por primera vez, Deylan y Reylan vieron a la verdadera Sayara. Junto a su hermana, corrían por las praderas hasta adentrarse en el bosque.

Reylan rugió muchas veces tratando de aligerar su rabia.

Sayana llevó a su hermana al bosque donde estaba la cascada.

—Vamos, Sayara, quítate la ropa; no vas a disfrutar de un lugar más maravilloso que este.

—Espera, las mariposas se me pegan por todos lados.

—Así mismo me pasó la primera vez que vine a este lugar.

Dale, apresúrate, quiero que veas algo.

—¿Y si alguien nos ve, hermana? Estamos desnudas.

—Bueno, se llevarán un susto si nos enfrentamos. Pero no creo que pase nadie.

—El agua está fría, ¿cómo es posible con el calor que hace?

—No lo sé, pero espera, pronto verás la sorpresa que quiero mostrarte.

Las hojas de los árboles que bordeaban la cascada sirvieron a las jóvenes para ocultarse. Su instinto animal estaba atraído por las hormonas de las jóvenes.

—Reylan, ¿qué haces aquí? ¿Por qué espías a las muchachas? —Sus ojos se achicaron. ¿Cómo lo había descubierto su hermano si él había disfrazado su olor?

—¿Y tú, qué haces aquí?

—Cuido de Sayana.

—Eso tampoco te da derecho a estar aquí.

—No lo voy a discutir, me atrae lo mismo que a ti. Pero no mires a mi chica.

—No pude contarle a Sayara la verdad. Y tú, ¿lo hiciste?

—Antes de que llegaseis.

—¿Cuál fue su reacción?

—Al principio, pensé que me odiaría, pero después habló como toda una princesa: con sabiduría. Le preocupa que Sayara reaccione diferente; siempre te ha encontrado parecido con

Emre, por eso mantiene un poco la distancia contigo. Pero hoy debe haber pasado algo entre vosotros, no lo pudisteis ocultar. —Deylan golpeó a su hermano.

Las jóvenes reían, lanzándose al agua, cuando Sayara advirtió que su cuerpo comenzaba a volverse más ligero y se elevó fuera del agua. Sayana también empezó a elevarse. Los rayos atravesaban sus cuerpos dejando ver las hermosas alas en sus espaldas.

—¿Ves eso, Sayara? Tú también tienes alas.

—¡Y tú! No me lo habías dicho.

—Quería que lo vieras con tus propios ojos.

—Tu cabello y tus alas parecen fuego, envueltos por las azules aguas como las de esta cascada.

—Las tuyas son verdes como las praderas, llenas de pétalos de rosas rosadas.

—Estoy muy ligera, lástima que solo son un reflejo.

—¿Por eso vienes a ver a tu chica? —Reylan sentía cómo su corazón latía con fuerza.

—Dime, hermano, es maravillosa, ¡mira sus alas!, y su piel blanca como perlas.

—Hoy vi sus alas, pero verla ahora desnuda con esa piel y sus alas... Creo que moriría, Deylan, si llegara a odiarme por ser hijo de Emre, y la perdiera. —A Reylan lo abrumaron los pensamientos de rechazo cuando ella lo miró a los ojos.

—Mantén la calma. Sayana, por el momento, no le va a contar

nada; aprovecha para acercarte, demuéstrale tus sentimientos. Ella tiene que saber que, aunque seas hijo de Emre y tengas un parecido, no significa que en el fondo seas igual.

—Hoy la besé, hermano, y me respondió. Al principio pensé que me rechazaría, pero pude sentir bajo mis brazos cómo su cuerpo se estremecía lleno de emociones.

—Vámonos de aquí, no está bien que curioseemos a las chicas. Entonces sí las perderíamos. Además, Seyan y nuestra madre deben estar preguntándose dónde estamos mientras ellos reciben a todos los invitados. Y vete preparando que de seguro vamos a tener algunos tratando de conquistar a nuestras chicas.

—Primero lo degüello, lo destrozo con mis colmillos.

Las jóvenes guerreras disfrutaban, cuando Sayara sintió de nuevo el fuerte tirón en el tobillo, cayendo en medio del agua de la cascada.

—Sayara, ¿qué sucede?

—Regresó de nuevo mi tortura. —La joven se masajeó el tobillo dentro del agua, donde se aliviaba.

—Tienes una marca en la espalda. Espera, déjame verla. Es un ala de mariposa.

—¡Solo un ala, qué extraño! Por lo que nos pasó, deberían ser dos.

—Revísame la espalda.

—Tú también tienes una y está en el lado izquierdo.

—La tuya está en el lado derecho.

—¿Recuerdas el conjuro que Mahiara siempre nos repetía cada vez que tomábamos los brebajes?

—Sí, pero ¿qué tiene que ver ese conjuro?

—¿No te das cuenta, Sayana? «Las alas se unirán para abrir la puerta, mas una sola quedará abierta; traspasarás, pero no saldrás». Tú tienes un ala y yo la otra, juntas abrimos la puerta y traspasamos el umbral.

—Tiene lógica, y una quedará abierta.

—Esa soy yo, Sayana. Quien tú sabes me hizo su esclava antes de pasar. Yo soy su oportunidad. Por eso, cuando me vuelva a poseer, hermana, debes tomar la decisión sin flaquear.

—No lo vuelvas a mencionar, Sayara. Te olvidas de la parte que dice: «traspasarás, pero no saldrás». Eso quiere decir que lo hará, de una manera u otra, pero va a traspasar el portal que une las dimensiones, y tú serás su puerta, pero no saldrá de aquí. Estaremos preparadas, hermana. Lo enfrentaremos juntas hasta morir. Aquí no estaremos solas, nuestro ejército estará preparado para ese momento.

Sayana abrazó a su hermana. Sabía que ella era capaz de sacrificarse por ellos.

—No te abandonaré nunca. Vamos, hoy llegarán los invitados y hemos dejado a Leonila y a nuestro padre solos con todo.

El palacio estaba increíblemente decorado. Los pequeños

animales del bosque alumbraban todo el exterior irradiando sus luces. Los mejores manjares cubrían las enormes mesas. Todos los invitados lucían sus mejores atuendos.

Leonila y Seyan atendían a los invitados y poco a poco el salón se iba llenando. Varios reyes y sus hijos estaban presentes. No solo habían venido para reunirse y armar una estrategia de defensa contra Emre, sino a conocer a las hijas de Seyan.

Achen se acercó con uno de sus hijos.

—Seyan, estamos ansiosos por conocer a tus hijas.

—En unos minutos llegarán.

—Nos hemos enterado de que son muy hermosas. Incluso una de ellas se parece a su madre.

—Las dos son hermosas mujeres.

—Mis tres hijos están en edad de casarse; quizás pudiéramos unir nuestros reinos.

Leonila escuchó a Achen. No le gustaba la idea que le rondaba sobre las jóvenes.

—Rey Achen, creo que no deberíamos apresurarnos. Vivimos otra época. Ahora los jóvenes eligen por sí mismos quiénes serán sus parejas.

—Sí, pero a veces podríamos influir un poco sobre ellos. También tenemos nuestros instintos animales.

—Por eso mismo, cuando elegimos una pareja es de por vida. Solo en caso de que la pareja elegida no nos corresponda, buscaríamos otra. Y es muy difícil encontrarla, porque cuando la hembra se impregna en los machos, este hará todo por cortejarla.

—Tus hijos también están en edad de casarse. Quién sabe, quizás alguno de ellos se enamore de mi hija.

—Dejémoslo así, Achen. —Leonila se había empezado a acalorar, no quería apresurar nada, pero el destino había hecho que las hijas de Seyan se impregnaran en sus hijos. Y ella sabía que el único inconveniente sería Emre.

—Achen, no quiero ser descortés contigo, pero recuerda que nuestro objetivo es proteger esta dimensión, por eso hemos reunido a todos aquí. Otro día trataremos el tema de nuestros hijos. —Seyan le brindó una copa a Achen.

Reylan y Deylan vestían elegantemente sus trajes negros. Ambos tomaban unas copas en una de las esquinas del salón, desde donde observaban a todos con desconfianza.

—Hermano, si a alguien se le escapa de la boca de quién somos hijos, y ella lo escucha, estoy perdido.

—¿Qué te ocurre, Reylan? Nunca te he visto dudar. Ya te dije que le demuestres que no eres igual que Emre.

—No lo puedo creer. Mira quiénes se aproximan.

—Los hijos de Achen. Trata de no provocar a Hessey, hermano, la última vez estuviste a punto de degollarlo.

—No me faltaron las ganas.

—Estoy seguro de que te va a provocar, y ahora nuestros

reinos deben estar unidos para apoyarnos, no para desatar una guerra entre nosotros.

—Reylan, Deylan, hace tiempo que no nos reuníamos.

—Te has convertido en una hermosa mujer, princesa Hassia.

—Gracias, Deylan. Espero que hoy, que están todos reunidos aquí, pueda encontrar a mi pareja. —Hassia detalló a Reylan.

—Hessey, Achene, esperamos que se sientan como en su casa y olvidemos nuestras riñas pasadas.

—Eso eran cosas de adolescentes. Ya somos hombres... —Hessey rio—. Estoy ansioso por conocer a las hijas de Seyan. He oído decir que son muy bellas.

—Mantente a raya con ellas y no quieras hacerte el listo, que te puedes llevar un susto.

—¿Lo dices por experiencia propia? —insinuó Hessey a Deylan—. Quizás me interese alguna como esposa.

—No me provoques, Hessey, ya no soy un adolescente.

—Tranquilo, hermano, dejémoslo. —Reylan escrutó con su dominante mirada a Hessey.

Mahiara rondaba la habitación de las jóvenes. Quería verlas antes de que fueran al salón.

—Os parecéis mucho a vuestra madre, la reina Siana. Sayana, tú tienes sus mismos cabellos.

—¡Mahiara, eres tú! Estás igual a como te recuerdo.

—Sayara, tú también estás muy hermosa.

Las jóvenes abrazaron a Mahiara.

—¿Cómo sabías que queríamos verte?

—No tengas miedo, Sayara; las runas de Emre ya están trazadas.

—No menciones su nombre, hoy me desahució. Y el dolor del pie se vuelve infernal.

—Ya descubrimos qué significaba tu conjuro. Pero ¿por qué nunca antes vimos que teníamos una marca en las espaldas?

—Antes de cruzar el umbral, cuando erais pequeñas, vuestra madre os protegió.

—¿Nos protegió?

—El día que se os hizo entrega de vuestros dones, ambas teníais las dos alas, y él pensó que era el momento idóneo para aprovecharse de ellos. Podría controlar las mentes, pero en esta dimensión estaba prohibido ese grandioso poder. Y a pesar de eso, nunca se conformó; era el único que tenía un solo don, y su ambición era mucha. Comenzó a utilizarlo a escondidas y varias brujas y seres de esta dimensión desaparecieron sin dejar rastro.

—Los había absorbido como lo hace en el mundo de los humanos.

—Sí, y nos dimos cuenta ese mismo día. En el mismo momento que vosotras recibíais vuestros dones de la familia real, manipuló la mente de muchos creando confusión para despojaros de ellos antes de que se os entregaran.

—¿Qué sucedió? Porque hoy descubrimos que teníamos alas

marcadas en nuestras espaldas.

—Desde hacía muchos siglos no habían nacido descendientes del mismo sexo en la familia de vuestra madre y vosotras erais las primeras. Pertenecíais a las brujas de magia blanca y al reino de las mariposas, las guardianas del portal. Vosotras sois las únicas que podéis abrir y cerrar el portal sin la magia protectora del hechizo.

—¿Nosotras?

—Por eso cada una tenemos solo un ala.

—Sí, normalmente eran las dos, pero en ese momento, él cometió un error: hirió a Seyan antes de que terminara el ritual. Y yo pude proyectar que estaba muerto para que no terminara de matarlo.

—Se lo creyó. ¿Y a nuestra madre?

—Ella, con su magia blanca, lanzó sobre vosotras ese conjuro, y se dividieron vuestras alas para protegeros a vosotras y a la dimensión. Pero agotó sus fuerzas y, tratando de salvaros, él la atravesó con su espada. Yo intenté ayudarla, pero sus últimas palabras fueron que os cuidara.

—Lo hiciste, Mahiara. Gracias a ti somos guerreras.

—No entiendo todavía. ¿Por qué nos llevó consigo al mundo de los humanos?

—Cuando todos se dieron cuenta de que fue él quien causó las muertes, todos comenzaron a usar sus dones y se desató una guerra. Lo tenía todo planeado; muchos lo siguieron porque los dominaba y ese fue otro error, pues todavía no tenía la suficiente energía para dirigir un ejército. Después de una guerra sangrienta, logramos expulsarlo a la otra dimensión sin sus poderes, pero os había secuestrado pensando que, cuando pasara a la otra dimensión, podría regresar fácilmente.

—No fue así.

—Al cruzar el portal, vuestras marcas desaparecieron. Era parte del conjuro de vuestra madre. Y yo demoré en encontraros porque perdí vuestros rastros. Tampoco podía pasar el umbral.

—¿Y cómo fue que pudimos regresar? ¿Por qué demoramos tantos años?

—La última bruja de magia blanca que él quiso despojar de sus poderes, se los pasó a Sayana en su último aliento.

—Sí, ahora recuerdo. Por eso me obligó a entrar en las llamas. Quería arrancármelo, se había enfurecido.

—Vosotras pertenecéis a la realeza de la magia blanca, por eso ella lo pudo legar y él nunca lo iba a obtener.

—Pero no sé... ¿Qué poder era?

—Poder dormir en el mismo sueño que tu hermana. Nunca hubierais podido regresar. Él nunca os dejaba descansar. Por eso tu padre nunca podía verte en sus sueños. Sayara sí podía porque su ritual había sido completado, pero el tuyo no. Por eso yo os hacía beber pociones, para ver si lograbas compartir el sueño. No lo conseguí y no me quedó otra opción que enseñaros todo lo que pude y dejar que las runas siguieran su curso.

—Por eso estuvimos atrapadas en la otra dimensión.

—Creo que después de todo fue mejor así, ya que pudimos convertirnos en guerreras.

—Todo tiene un camino, y la otra historia, ya la conocéis.

—Nunca voy a traicionar a los míos, Mahiara, pero no sé cómo puedo hacer para que él no me desahucie de nuevo.

—Lo seguirá haciendo, Sayara. Deja que el destino corra. Y ahora, vamos; es hora de que estéis en el salón.

—¿No vienes con nosotras, Mahiara?

—¿Todavía no aprendisteis? No me he movido del salón.

Ellas sonrieron. No dejaba de sorprenderlas.

Capítulo 6

Los hijos del rey Achen habían permanecido en todo momento al lado de Reylan y Deylan. Esperaban ansiosos a las jóvenes. No tardaron mucho en quedarse con la boca abierta cuando ellas entraron en el salón.

—Achene, creo que te cederé mi lugar en el reino para irme a vivir con mi futura esposa a su reino.

—Yo podría decir lo mismo, Hessey. Espero que no tengas el mismo gusto que yo, porque entonces nos declararemos la guerra.

—Apuesto que no.

Reylan y Deylan controlaban su irritación. De que desatarían una guerra, estaban más que seguros, pero sería entre sus reinos cuando intentaran conquistar a sus chicas.

—Me quedo con la de cabello rojo. Debajo de esa mujer debe haber fuego.

—Te lo dije que apostaríamos a que no tendríamos el mismo gusto. La del cabello negro me enloquece. Observa: su boca, su mirada, esa expresión de seguridad…, apuesto que para conquistarla tendría que enfrentarme a ella —sonrió con maldad— y, por supuesto, la vencería y caería a mis pies.

Reylan y Deylan echaron a reír a carcajadas.

—Estoy seguro de que ya caísteis en sus encantos y ellas os vencieron.

Los jóvenes reían cada vez más.

—Hessey, yo no voy a apostar nada, porque no me gustan las apuestas, pero estaría encantado de verte en un solo entrenamiento con ella. —Deylan no dejaba de reírse.

—¿Y tú qué crees, Reylan? —preguntó Hessey sarcástico.

Reylan sostuvo la mirada sonriente.

—Pues yo sí apostaría a que quedarías aplastado como un lagarto.

Las jóvenes no estaban acostumbradas a este tipo de cosas. Nunca habían estado en una fiesta y menos entre reyes y príncipes; preferían los campos de batallas. A veces, les incomodaba tantas cosas sofisticadas, pero tenían que adaptarse a esa dimensión. Ese era su hogar. Y, por ahora, sus pensamientos deberían estar enfocados solo en vencer a Emre.

—Sayana y Sayara, os presento a los hijos del rey Achen.

Las presentó Deylan. Sus celos estaban empezando a desbordarse, mirando de reojo a su Sayana.

—Estamos impresionados; sois realmente muy hermosas.

—Os agradeceríamos que dejaseis los cumplidos. —Sayara no soportó escuchar la voz de Hessey, le resultó prepotente y ficticio.

—Sayara, ¿quisieras concederme este baile para iniciar una

nueva amistad? —Hessey fue muy directo, estaba seguro de que ella no rechazaría la invitación.

—Lo siento, Hessey, será en otra ocasión. Prefiero una espada a un baile.

Reylan sonrió. Sabía que tampoco él la podría invitar a una pieza, por lo menos no esa noche. Además, su pie la tenía atrapada. Deylan no le dio tiempo a Achene a invitar a Sayana, ya ella estaba prendida del brazo de él.

—Es una lástima, Sayara, porque yo quisiera que alguien me invitara a bailar, pero no hay nadie que me atraiga, excepto... —Hassia desvió su mirada hacia Reylan.

Sayara tragó en seco, no sabía qué tipo de pensamientos la invadió, pero no le agradó la joven.

—Hassia, creo que hoy no podría bailar contigo; he tomado demasiado vino y arruinaría tus pies. Pero estoy seguro de que tu hermano querría darte ese gusto y de que no te quedes con los deseos de disfrutar de la fiesta. —Reylan no iba a dejar a su chica cerca de ellos.

—¿Qué sucede, Reylan? Me da la impresión de que desconfías de nosotros. ¿O es que tú también estás interesado en Sayara y no quieres dejarla sola? ¿Eres su guardián?

Reylan gruñó.

—Acabo de conocerte, Hessey, y me pareces un poco arrogante.

—Hessey, acepta cuando te rechazan.

—Lo siento, Reylan, pero no estoy acostumbrado a que me rechacen y verás cómo haré para que caiga rendida a mis pies.

—Voy a dar una vuelta por el salón, esta conversación me aburre.

Sayara dio unos pasos y disimuló con su copa. Notó cómo su energía cambió, y bloqueó rápidamente su mente.

—Mañana nos reuniremos a primera hora aquí, Hessey, para hablar sobre la estrategia para vencer a Emre.

—Es increíble, Reylan. Vas a tener el valor de enfrentarte contra tu propio padre. Va a ser una batalla interesante.

—¿Cómo lo sabes, Hessey? —Reylan estaba sorprendido.

—¡No me digas que tú no lo sabías! —Hessey curvó su boca de un lado de su cara sonriendo. Había acabado de descubrir un punto a su favor—. Todo el mundo comenta que eres igual a él cuando era joven.

—Cállate, Hessey. No vuelvas a mencionármelo, o en medio de esta fiesta te degüello con mis colmillos. —Reylan gruñó de nuevo, mostrando sus colmillos, y se percató de que Sayara había escuchado la conversación.

Sayara se había quedado en el mismo lugar, acababa de bloquear su mente, pero las palabras de Hessey se le clavaron como puñales en la espalda. «Por eso es que Reylan se parece a Emre. Es su padre». Volteó su rostro para mirarle a los ojos, y en ese momento tenía su misma expresión, sus pupilas dilatadas. No pudo continuar bloqueando su mente y Emre volvió a someterla. Su cuerpo desfalleció. Mahiara había estado pendiente de la conversación, y antes de que la joven cayera al suelo, proyectó otra imagen para que nadie notara su ausencia. Los fuertes brazos de Reylan atraparon a su guerrera antes de que cayera desvanecida al suelo y la llevó a su habitación.

Sayara se sentó en la cama. Sus ojos estaban de nuevo inyectados en sangre.

—Reylan, mi primogénito. Eres todo un hombre, espero que no me defraudes... —La voz de Emre salía a través de la boca de la joven.

—¡Sal del cuerpo de Sayara! —gritó enfurecido y lleno de ira—. No te preocupes, padre, te estaré esperando, no te defraudaré —le dijo con coraje entre dientes.

Los ojos amarillosos del joven mostraban rabia hacia Emre; sus pupilas seguían dilatadas. Deseoso de cazar una presa, necesitaba sacar su furia. Pero apenas le dio tiempo a transformarse cuando Sayara volvió en sí, y vio al mismísimo Emre delante de ella listo para una batalla sanguinaria. Reylan cambió su cuerpo y salió por una de las ventanas de la habitación de la joven. Por mucho que se había esforzado para que no lo viera de esa forma, le fue imposible evitarlo. Emre le había hecho mostrar su lado más bestial.

«Lo sabía. Reylan me era familiar, conocía esa mirada. ¿Por qué me lo ocultó? Él se ha pasado todo el día tratándome de decir algo y no ha podido, hasta me ha demostrado que me quiere; y ahora me protegió... —pensó—, pero ¿y si me está utilizando para atravesar el portal? Creo que me mantendré alerta. No puedo confiar en él. Ahora Reylan es muy poderoso y fuerte, respetado por todos, y si se unen en esta dimensión junto con su ejército, será muy difícil vencerlos».

Empezó a sentir cansancio y notó cómo su cuerpo pesaba, hasta quedar sumergida en un profundo sueño.

—Sayara, mi mejor guerrera, tú sabes que me debes lealtad.

—Sí, padre.

—Por esta vez voy a perdonar tu traición, ya veo que regresaste a mí. —Emre reía irónicamente.

—Siempre serviré a su ejército. —Sayara había traspasado en su sueño el umbral hacia el mundo de los humanos.

—Eso espero. Si se te ocurre volver a traicionarme, te haré sufrir el dolor más grande que hayas sentido en tu miserable vida, ¿me estás escuchando, ingrata? —Retumbó su voz por todo el bosque.

La joven mostraba su erguida figura, temeraria como Emre. Estaba poseída, su mente y su cuerpo solo obedecían a su voz.

—Cada noche vendrás, Sayara. Quiero saber cada paso que se da en la otra dimensión. Todo... y sus debilidades. Pero también vendrás a pelear aquí. Pretendo reclutar a más hombres en mi ejército.

—Lo haré, seremos invencibles.

—Eso mismo, Sayara. Seré el único que gobierne las dos dimensiones. Las sumergiré en las penumbras. Desahuciaré la humanidad. Todo estará bajo mi poder —gritó Emre.

Los árboles se secaron hasta donde su estruendoso sonido alcanzó, y la tierra se agrietó debajo de sus pies, levantando remolinos de vientos.

Sayara se revolcaba entre sus sábanas, empapadas en sudor. Su cuerpo temblaba. Quería salir de su sueño, pero estaba atrapada.

Hessey era el primero en llegar al salón. Quería ver si se podía tropezar con la princesa Sayara antes de que los otros llegaran. Odiaba a Reylan y a Deylan. Varias veces habían tenido desavenencias y ellos siempre salían victoriosos, pero ahora su cuerpo estaba bien entrenado; había aprendido a desarrollar mejor sus poderes.

Sayana entró en el salón, esperando encontrarse con su hermana, pero estaba vacío. Sin embargo, le pareció que había alguien. Sus instintos de guerrera la advertían del peligro. Proyectó su imagen varias veces buscando en el salón, pero al parecer estaba equivocada.

—Sayana, has madrugado.

—Hermana, anoche te retiraste temprano a dormir y deberías estar descansada. Pero por la cara que traes, pareces haber estado en una batalla.

—Para que veas. Me siento llena de energía. ¿Estamos solas?

—Presiento que no. Ya revisé todo el salón y no encontré a nadie, pero sé que hay alguien en algún lugar.

—Vamos a jugar, hermana. —Las jóvenes se desplazaron varias veces, proyectándose.

Deylan y Reylan entraron al salón en el justo momento que Sayara notaba que una de las columnas se movía suavemente, como si respirara.

—Si te mueves, te mato.

—No, Sayara. Tranquila, soy Hessey. Todo está bien, solo quería probar si eras tan buena como comentan.

—¿Qué clase de animal eres tú?

—Somos réptiles o lagartos, como quieras llamarnos; podemos enmascarar nuestros cuerpos con las cosas.

Reylan y Deylan lo miraban, estaba agitado. La joven le había proporcionado un buen sobresalto.

—Hessey, no hizo falta apostar; tú mismo provocaste el susto. —Deylan rio.

—No se te ocurra volverte a disfrazar, o eso que haces, cerca de nosotras, porque nos da la impresión de que ocultas algo y podríamos pensar en muchas cosas, entre ellas que nos quieres traicionar o que nos estás vigilando. —Sayara lo escrutó mirando directamente a sus ojos, desconfiada.

—Está bien, no lo haré más, excepto cuando estemos entrenando.

Reylan se mantenía distante, evitaba tener contacto con los ojos de Sayara.

—Buenos días a todos. Reylan, anoche te fuiste temprano de la fiesta, te estuve buscando, pero no te encontré —exclamó Hassia.

—Lo siento, Hassia. Había bebido mucho vino y decidí irme antes de echarle a perder la noche a otros. —Reylan miró de reojo a Hessey.

Después de la reunión con todos los reinados de la dimensión, entre los que se encontraban los de magia negra, los de magia blanca y los reinos de animales, todos los habitantes decidieron llevar a cabo el entrenamiento de sus poderes y sus fortalezas. Necesitarían unirse. A pesar de que cada reinado vivía con sus diferencias respecto a otros reinados, no podían permitir que Emre convirtiera su dimensión en la eterna oscuridad y los desahuciara de sus dones ni de sus vidas.

—Hermana, hoy has estado muy distante durante la preparación.

—¿Tú lo sabías, Sayana?

—¿De qué hablas?

—Podías habérmelo dicho. Sabes que entre nosotras no puede haber secretos. Estoy cansada de todas las sorpresas de esta dimensión.

Sayara tenía la respiración agitada del entrenamiento. Sentía ira, su cuerpo comenzaba a llenarse de una extraña energía que deseaba expulsar. Agarró su espada y la empuñó con una destreza amenazadora, directa contra su propia hermana.

—¿Qué te ocurre, Sayara? Necesitamos tomar un descanso.

—Sabes que no tenemos descanso; tú debes recordar eso.

Todos quedaron paralizados del comportamiento de Sayara. Hessey se tocó el cuello, no quería verse en el pellejo de Sayana.

Sayana era tan buena guerrera como su hermana, y si la estaba desafiando, la iba a hacer frente, porque si ella iba a descargar su furia por no haberle contado sobre Emre, sabía que tendría que pelear hasta caer agotadas como él mismo las había enseñado. Pero algo no andaba bien en ella. Podía sentirla en cada embestida con su espada; no apartaba los ojos de los suyos.

—Reylan, yo nunca había visto a Sayara tan violenta. Algo sucede. Mírala, es como si estuviera atacando a su propia hermana.

—Creo que está molesta. Ayer se enteró por Hessey de quién es nuestro padre.

—¡Esa sabandija! Si no fuera porque nuestros reinos deben apoyarse, no habría permitido su entrada al palacio. Observa a Achene. Si pudiera desvestir a Sayana con los ojos, lo haría.

—Contrólate, hermano, no creo que ella caiga en sus jueguitos. Su mala fama con las mujeres se conoce en toda la dimensión.

—¿Sabes? Hasta yo me siento traicionado por nuestra propia

madre. Todos sabían de quién éramos hijos menos nosotros.

—Lo sé, Deylan, lo sé. Y créeme que no acabo de asimilarlo. Son muchas cosas juntas. Ver una parte de la crueldad de Emre cuando ellas llegaron, llenarnos de odio por un ser así, sin corazón, y después enterarnos de que ese ser es nuestro propio padre y que debemos enfrentarnos es un poco complicado. Hubiera preferido no saberlo. No voy a dejar que él destruya nuestras vidas, voy a proteger a los habitantes de nuestros reinos.

—Hermano, creo que debemos apoyar a Sayana. Su hermana está luchando contra ella con mucha dureza; no parece tener fin, cada vez está más enérgica. Cielos, es posible que esté poseída por Emre y nosotros no nos hemos dado cuenta.

Reylan y Deylan transformaron sus cuerpos en enormes panteras negras. Sus afilados colmillos trataron de hacer entrar en razón a Sayara, logrando que Sayana tomara un respiro; su ayuda se había demorado algo. La joven se proyectó cerca de su hermana. Ni siquiera ella había usado ese poder, logrando golpearla fuerte en su cabeza haciéndola tambalear. Reylan la sujetó con sus fuertes patas enterrando las puntas de sus garras en sus brazos, inmovilizándola, mirando con odio a través de los ojos de Sayara, que parecían piedras recién escupidas por un volcán, mostrando sus afilados colmillos...

Los rugidos de los jóvenes lograron sacar a la guerrera del dominio de Emre.

Sayara se levantó sin decir una palabra y escrutó los ojos de

Reylan. Sus brazos sangraban.

—Vaya, Achene. Eso sí es una mujer; tiene que ser mi esposa. Es una verdadera guerrera salvaje, me he enamorado.

—Bueno, hermano, creo que va a ser difícil conquistarlas, pero en eso estoy de acuerdo contigo. Quiero a la pelirroja de esposa, es otra fiera luchando. No hay mujeres en estos reinos como ellas.

—Al parecer, Reylan tiene algún interés, pero no creo que ella lo acepte. ¿No te diste cuenta? Hubo tensión entre ellos.

—Entonces, aprovecha el momento. A mí me va ser más difícil, tengo atravesado a Deylan de por medio. Al menos, si nuestra hermana se mostrara más animada... Pero es una aburrida, no va a conseguir que nadie la pretenda.

Sayara cogió el primer crevalli que encontró en su camino y decidió alejarse de todos.

—¡Reylan, le contaste la verdad!

—No, ella lo escuchó de la boca de Hessey. —La miró molesto—. Ayer, en la fiesta, Emre la volvió a poseer mientras vosotros bailabais y fue justo antes de eso cuando escuchó el comentario de Hessey. No lo pude evitar, casi me dieron deseos de degollarlo delante de todos. Pero Mahiara, con su protección, me ayudó a sacarla del salón y llevarla a la habitación. Emre estaba ahí, me habló a través de ella.

—La conozco, algo no está bien en Sayara. Eso mismo sentí cuando me retó. Primero pensé que estaba molesta, pero después comencé a sentir el peso de su espada y no era ella. Si no hubierais reaccionado, se hubiera vuelto más fuerte y...

—¿Estás bien, Sayana? Te has quedado petrificada.

—Es él, Emre estaba tratando de poseer el cuerpo de Sayara. Aprovechó que estaba molesta para extraerle su energía.

—¿Puede hacer eso?

—No estoy segura, Deylan, pero él es capaz de todo. Eso quiere decir que su entrada está cada vez más cerca. Ya no podemos confiar en ella. No debemos bajar la guardia, tenemos que tener los sentidos en alerta.

—No quiero pelear contra ella. No podría.

—Lo sé, Reylan. Hay que estar unidos, es como podemos tener ventaja sobre Emre. Estoy segura de que está tratando de encontrar nuestras debilidades.

—Voy a rastrearla, no es bueno que se aleje.

—Si notas algo más, nos lo dices. Quién sabe si él, a través de ella, también es capaz de absorber la energía de los habitantes y despojarlos de sus poderes. Sería muy peligroso.

Sayara dejó el crevalli en la entrada del bosque de la cascada de las mariposas; comenzó a adentrase en él. Estaba agotada, sus brazos sangraban, apenas podía mover el pie del dolor, le temblaba el cuerpo y estaba sudorosa. «No puedo dejar que me vuelva a poseer, no puedo volver a enfrentarme a mi hermana. Casi no podía controlar la fuerza que ejercía sobre mí. Si ella no llega a defenderse, la habría matado. Y si Reylan no llega a lastimarme con sus garras, él no se hubiera debilitado. No sé cuánto podré soportar que me posea».

Las mariposas la rodeaban mientras se quitaba la ropa con esfuerzo, y se dejó caer en las frías aguas de la cascada. Sus heridas empezaron a sanarse y se empezó a llenar de energía. Por un largo rato disfrutó de las aguas. Era el único lugar donde el dolor del tobillo era más soportable. Se abrazó a unas de las piedras que la bordeaban quedándose dormida. Su cuerpo se había relajado.

Reylan miró de lejos a Sayara. Saber que ella no estaba cómoda a su lado le dolía, y después de haberse enterado de todo, ella apenas había cruzado palabra alguna con él. «Creo que no estoy solo. Hay alguien en los alrededores, no pudo disfrazar su rastro, y no puedo creer que esté observando a mi chica. ¿Dónde estás, Hessey? Sé que andas abrazado a uno de los árboles que rodea la cascada», pensó Reylan mientras seguía su rastro.

La bestia negra saltó sobre una de las ramas engrosadas de los árboles, partiéndola, haciéndola caer. Hessey transformó su cuerpo en un enorme réptil con poderosas mandíbulas. Reylan y Hessey comenzaron una sangrienta lucha.

Sayara despertó sobresaltada y escuchó la batalla cerca de la cascada. Sin pensarlo, tomó su espada.

Los dos jóvenes, en unos segundos, habían desgarrado partes de sus cuerpos. Sayara se interpuso en medio de los dos; solo ella y su espada. En su cuerpo desnudo relucía su piel blanca como perla delante de ellos, y su hermoso cabello negro ondulaba sobre sus pechos, dejando paralizado a ambos por su mística belleza.

—Cielos, Sayara. Cúbrete. —Reylan se atravesó entre ella y Hessey, cubriéndola con su enorme cuerpo. No quería que su rival disfrutara más de la escena.

Hessey cayó desplomado sobre la tierra, anonadado por la belleza de la joven.

—¿Qué hacéis los dos aquí? No creo que sea porque estuvierais dando un paseo por el bosque; sería demasiada coincidencia. No parecéis llevaros bien.

—Vine a buscarte cuando me encontré a esta sabandija entre los árboles.

—Lo siento, Sayara, quise seguirte. Quería conversar un rato contigo y, cuando llegué, estabas bañándote y no quise interrumpirte.

—¿A eso le llamas interrumpir, mirar a escondidas a una mujer desnuda sin su permiso? —Reylan trató de atacarlo de nuevo, pero recordó que la joven estaba desnuda detrás de él.

Sayara no entendía muy bien lo que pasaba. ¿Estaban teniendo una disputa por ella?

—Hessey, ve con mi padre para que sanes esas heridas, y no te me vuelvas atravesar por hoy. Mañana te espero donde entrenamos. Creo que tú y yo tenemos un desafío pendiente.

Hessey asintió con la cabeza, se transformó en el enorme réptil y se alejó desplazándose, desapareciendo entre las hierbas.

—Lo siento, Sayara. —Reylan se estaba volviendo loco. Su olor lo estaba perturbando y estaba tratando de controlar su impulso, pues deseaba hacerla suya, entregarle su amor—. Por favor, vístete ya. —Todavía mantenía su cuerpo en forma de pantera.

—No creo que necesite que me protejas, puedo hacerlo sola. La joven tiró su espada y dio unos pasos en busca de su ropa cuando Reylan la empujó contra un árbol. Sayara se quedó paralizada. La enorme bestia la cubría, rozando su piel con sus pelos, provocándole un extraño deseo. Poco a poco, Reylan se fue transformado hasta quedar abrazado de ella, acariciando su rostro y su cuello, y comenzó a besarla con pasión. Sayara respondió a sus besos; su corazón latía con fuerza hasta que él se separó de ella.

—Vístete, amor. —Recogió sus ropas y se las dio—. Sé que no necesitas que te proteja, pero quiero hacerlo.

—¿Por qué no me miras a los ojos?

—Sabes que no puedo. Es mejor así. Vamos, no te quedes sola. Hay muchos invitados y tenemos que evitar que... que...

—Se le hizo un nudo en la garganta, no quería hablar de eso con ella.

—Que tu padre me invada de nuevo.

Reylan respiró profundo.

—Sí, es mejor que siempre estés cerca de nosotros, lo sabes.

127

Ella también tomó una fuerte bocanada de aire, no quería dejarla salir, deseaba ahogarse en ella.

—Me siento traicionada por mi hermana y por ti.

—Somos dos.

—No puede ser, Reylan, tú sabías que era tu padre.

—Lo supe unas horas antes el día que te declaré mis sentimientos.

—Y así y todo lo hiciste, sin contármelo.

—Siempre pensamos que había muerto en la batalla y tú habías llegado a mi corazón antes que él. Desde hace muchos años, te amo, Sayara. Tú estabas impregnada en mí desde que visitabas a tu padre en tus sueños. Yo podía sentir tu olor, y el día que vi tu imagen, sabía que eras tú. Eras la mujer más hermosa que había visto. ¿Cómo crees que me siento cuando me miras y siento a la vez que me odias? ¿Cómo crees que podría contarte lo de mi padre y decirte lo que siento por ti, después de que supieras la verdad? Esa noche recorrí toda la dimensión, tratando de descargar mi rabia. Quería alejarme de todo y todos por sentirme traicionado, hasta que me di cuenta de una cosa.

Ella sintió la mano de Reylan, que la agarró con fuerza, atrayéndola hacia él, sujetándola por su cintura contra su cuerpo, mirando a lo profundo de sus ojos color café.

Sayara buscó en el interior de sus ojos. Por primera vez tenía el valor de hacerlo, sin temor a ver a Emre.

Acercaron sus labios hasta fundirse en un fuerte deseo que

hizo a Sayara cargar su cuerpo de energías, elevándose del suelo. De pronto, el dolor en el pie la hizo caer en la realidad.

—Aléjate, Reylan, es mejor que olvides esos sentimientos.

—¿Qué dices, Sayara? Tú sabes que no es posible. Puedo sentir que me amas. Cada deseo que emana cada hormona de tu cuerpo me lo dice.

—Estás equivocado. Déjame. —Sayara cogió el crevalli y se alejó de él—. No puedo amarte. —Tragó en seco, algo estaba cambiando en ella, se sentía flaquear cuando estaba a su lado.

Reylan gruñó con rabia, sabía que ella sentía lo mismo.

Capítulo 7

—**P**adre, no podemos bajar la guardia con Sayara. Emre está tratando de absorber energías de esta dimensión.

—Eso quiere decir que falta poco para que atraviese el umbral.

—No sé cómo lo hará, pero hay algo que me preocupa. Durante el entrenamiento, mi hermana me atacó. Su cuerpo estaba poseído por Emre y estoy segura de que puede acceder a los habitantes a través de ella.

—Él tiene que atravesar solo, no podemos permitir que eso vuelva a suceder. Puede destruirla. Prepararemos un hechizo con las brujas para que él no posea su cuerpo.

—Pero si no se puede romper su lazo de esclava, ¿cómo lo harás?

—No podemos evitar que la posea a ella, pero sí que lo haga a los otros a través de ella.

—Por favor, padre, no tenemos mucho tiempo.

—No te preocupes, hija, va a funcionar, y él se verá obligado a cruzar el portal más rápido.

Sayara se encerró en su habitación. Quería aislarse de todos. Se dio un largo baño y durmió. Emre la había dejado descansar; después de luchar con su hermana y sufrir las heridas de Reylan, se había debilitado, pero eso no significaba que en cualquier momento no tuviera que atravesar la dimensión al mundo de los humanos y servirle en sus batallas sanguinarias.

Se recostó junto a una de las ventanas, donde veía de lejos a Sayana y a Deylan romanceando, pero prefirió evitar mirarlos y se sentó en el otro ventanal. De pronto, vio a Reylan de lejos en una de las terrazas del palacio, vestido de negro, elegante. Sus besos la habían hecho experimentar una sensación más allá de su cuerpo, no lo podía ocultar. Él lo sabía, pero seguía desconfiando de su mirada, la inquietaba.

Hassia se acercaba al joven Reylan, vestida elegantemente de un violeta oscuro. Su pelo blanco con franjas del mismo tono que su vestido la hacía lucir una personalidad fría.

Reylan volteó al escuchar la voz de la joven. Estaba tan ensimismado en sus pensamientos recordando la suave piel y los besos de su amada Sayara, que no olfateó el olor de Hassia al acercarse. Pero sí pudo dirigir la mirada a Sayara. Sabía que estaba allí, en la ventana de su habitación.

Mas Hassia pudo ver el gesto, y se dio cuenta de que había algo entre ellos, y recorrió por todo su cuerpo un sentimiento de rabia.

No era posible que todos los hombres de la dimensión no dejaran de fijarse en ellas. ¿Qué tenían de particular? ¿Qué las hacía especiales? Desde niña había ideado en su cabeza que se casaría con Reylan, y haría todo lo posible porque eso sucediera.

—¿Has estado apartado de mí o es idea mía que me estás evitando, Reylan?

—No, Hassia, ¿qué dices? He estado ocupado. ¿No fuiste al entrenamiento? Deberías aprovecharlo. No tenemos idea a qué nos vamos a enfrentar.

—Lo sé, mañana prometo ir. Pero ahora quiero que cumplas tú primero la promesa que me hiciste hace unos años. —Hassia sonrió mirando a Sayara. Era su oportunidad.

—No recuerdo esa promesa. —Reylan rio.

Sayara sintió celos al ver los rostros sonrientes.

—Pues yo no olvido tan fácil, y si es una promesa, menos.

—Espero que esté a mi alcance.

—Haz memoria. Quedaste conmigo que el día que visitara el palacio me llevarías a los tres lagos.

—Ahora recuerdo. Después de que casi mato a tu hermano cerca de ese lugar, nunca más he vuelto.

—Sí, tienes razón. Esa fue la última vez que nos vimos. Leonila y mi padre pusieron fin a esas peleas para evitar una guerra entre nuestros reinos.

—Bueno, creo que tu hermano y yo no podemos estar muy cerca porque siempre va a haber problemas entre nosotros.

—Ya lo creo. Ahora al parecer estáis interesados en la misma mujer.

—No, solo son ideas tuyas. —Miró a Sayara.

—No es lo que parece, solo tienes ojos para ella.

—Tienes que aprender algo, Hassia. De cuál es el objetivo de estar todos reunidos aquí, no solo vosotros, también los demás reinos. Estamos tratando de unir fuerzas para proteger esta dimensión. En estos momentos, mi vida es un caos, todos sabían de nuestro padre menos nosotros, y tenemos que luchar contra él. No puedo estar pensando en sentimientos. Sayara y Sayana son dos jóvenes guerreras a las que debemos respetar y proteger.

—Le costó trabajo mentir sobre sus sentimientos, pero era mejor mantenerlo oculto por el momento.

—Eso está bien, Reylan, lo entiendo. Pero ahora estás solo, no estás entrenando, y ellas se encuentran bien. Sayana y Deylan, al parecer, lo están pasando bien, y su hermana está en su habitación; no creo que, porque me lleves un rato a los lagos, se pueda acabar todo en la dimensión.

Reylan respiró hondo. Hassia era inapropiada y su voz de pitillo le retumbaba en los oídos.

—Vamos. Están cerca, regresaremos antes de cenar.

Sayara no lo pudo evitar; algo la hacía desconfiar y decidió salir de la habitación.

—Padre...

—Venía a buscarte. Quería llevarte al salón y presentarte a la reina Akira y a su hijo, el príncipe Ebet.

—¿Ahora?

—Sí, pero si tienes algo que hacer, podemos dejarlo para la hora de la cena.

—Vamos, padre. Solo iba a tomar aire.

—¿Te sientes bien, hija?

—Sí, a veces cansada, y mi pie es una tortura, pero puedo soportarlo.

—Lo siento, me duele no poder hacer algo.

—No te preocupes, no va a ser eterno. Espero que pronto deje de ser un castigo.

Ebet estaba de pie en la terraza del salón mientras su madre y Leonila conversaban. Su pelo azul oscuro combinaba con su elegante vestimenta variando los tonos azulados. Sus ojos de color miel y la piel bronceada lo hacía lucir una belleza única. Su madre también era de una encantadora belleza.

—Seyan, me declaro un futuro esposo para su hija.

Seyan rio, mientras que Sayara se quedó sin palabras. No acababa de acostumbrarse a tantas formalidades.

—Esta es mi hija Sayara.

—Soy Ebet, el príncipe de Alamen, y esta es mi madre, Akira. No quise hacer mi entrada así, pero no puedo dejar que otros se anticipen a cortejarte, aunque creo que fuimos el último reinado en llegar. Y seguro que la joven ya estará saturada de elogios.

—No quiero ser maleducada, pero no sé por qué todos piensan en casarse cuando hay otras cosas más importantes en qué pensar.

—Es la juventud, Sayara, no lo tomes a mal. Vosotras sois muy hermosas además del fuerte carácter que os hace únicas. —Leonila sonrió, pues se dio cuenta de que trataba de esquivar a todos los jóvenes que se le acercaban, mientras que Sayana prefirió sacar afuera sus sentimientos.

—Eres hermosa, inteligente, fuerte, no tienes por qué apresurarte. Abre tu corazón cuando creas que sea el elegido.

—Madre, en vez de ayudarme, te pones de su parte. —Ebet sonrió—. Al parecer, tengo que esforzarme más.

—Lo siento, hijo, a una mujer así no se le gana con palabras bonitas.

—¿Dónde están tus hijos, Leonila? Hace tiempo que no los veo. Siempre hemos sido buenos amigos.

—Deylan romancea con Sayana. Al parecer, ella sí abrió su corazón, y Reylan salió con Hassia, pues quería visitar los tres lagos.

—Pero ¿Reylan y Hassia están comprometidos?

—No, creo que no podría ser, otra joven está impregnada en el corazón de mi hijo. Solo si ella no le correspondiera, entonces tendría que elegir a otra mujer.

—Bueno, de ser así, la joven tal vez no lo haya advertido... —No fue necesario explicar que era Sayara la joven de la que hablaban.

—Voy a salir a caminar. ¿Me quieres acompañar, Ebet?

—Solo si vamos por aire.

Ebet transformó su cuerpo en una enorme ave azul oscura

con poderosas garras.

—¡Eres un ave! Por lo menos, no eres como Hessey.

—¿Ya usó sus encantadores disfraces contigo?

—Bueno, no le salió su entrada como él quería.

—Hacía falta que alguien se le plantara. Vamos, Sayara, déjame sujetarte con mis garras.

La joven se elevó por el azul celeste del cielo. Todo empezó a tomar forma. Los recuerdos de sus sueños empezaron a venir uno a uno en sus pensamientos. Era tal y como había visto esa dimensión, pero no entendía qué sucedía.

—¿Te encuentras cómoda?

—Sí, es como un sueño. En ellos siempre volaba y veía la dimensión como la estoy viendo ahora.

—Vaya, entonces tengo un punto a mi favor. ¡Mira! ¿Ves los lagos?

—No.

—Son tres: el dorado, el plateado y el azul.

—¿Podemos acercarnos? ¿A qué se deben sus colores?

—A las plantas que crecen en el fondo.

—¿Nos podemos bañar en esos lagos?

—Casi siempre lo hacen los que van a formar una pareja. Dicen que trae felicidad y amor, pero si tú quieres, podemos darnos un chapuzón. Te dejo caer en uno de los lagos y después me zambullo.

—No te cansas, ¿verdad?

—A decir verdad, no. Nunca antes una chica me había impactado como lo has hecho tú. Pero ya sé que tu corazón tiene dueño.

—¿De qué hablas? Yo no...

—¿No lo sabes aún, hermosa Sayara? Tienes el amor frente a tus ojos.

—Deja de hablar así. Además de convertirte en un ave, ¿tienes otro don?

—Puedo leer el corazón de las gentes.

—Vaya, ¿entonces me puedes decir quién es el dueño del mío?

—Tú lo sabes. Estás llena de vibraciones, pero ahora antepones otros sentimientos que no te permiten ser libre.

—Eres muy extraño. No sé cómo entiendes de sentimientos. Ni yo misma entiendo, todo se me vuelve confuso. Desde que llegué a esta dimensión todo es tan diferente que no puedo acostumbrarme a tantas sorpresas, y en mi otra vida lo único que veía era crueldad. De eso que hablas, dejó de existir; tener sentimientos sería un lujo. Emre no nos permitía nada... —Sayara se sentía tan relajada, observando desde lo alto la hermosa dimensión que, por el momento, se había olvidado de Emre, pero al pronunciar su nombre, su tobillo se enrojeció y comenzó a darle tirones.

—¿Qué sucede, Sayara? Me estás haciendo caer.

—¡Ahora mismo: suéltame o bájame, Ebet! ¡Y aléjate de mí, no quiero hacerte daño!

—Espera, no te dejaré caer. —Ebet sujetó con más fuerza a la joven con sus garras, pero notaba como si una poderosa fuerza lo atrajera hacia la tierra. No entendía qué pasaba, sentía cómo el corazón de Sayara luchaba contra algo.

Ella trataba de bloquear su mente, mas su energía se debilitaba.

—Ebet, prométeme que te alejarás nada más que me suelte, promételo.

—No voy a hacerlo, no te voy a dejar sola.

—Tienes que hacerlo, puedo hacerte daño. —Las enormes alas del joven se volvieron más fuertes y poderosas y lograron ponerla en tierra.

Sayara a duras penas podía controlarse. No quería hacer daño a Ebet, pero por mucho que intentaba bloquear a Emre, este terminó por poseerla. Sus ojos se volvieron rojos y atacó al joven sin darle apenas tiempo para protegerse. Acababa de transformar su cuerpo en humano.

Ebet trató de defenderse. No quería pelear con ella, aunque no le quedó otra opción que responderla. No tenía delante a la hermosa Sayara, sino a una endemoniada y salvaje guerrera. Cada vez que le respondía, sentía cómo su cuerpo flaqueaba, como si le estuviera robando su fuerza, su energía... Podía percibirlo hasta en lo más profundo de sus huesos. La fortaleza de Sayara se incrementaba mientras él se agotaba. Tuvo la sensación de que estaba a punto de desvanecerse, cuando una poderosa fuerza lo lanzó lejos de ella, dándole tiempo para transformarse en el enorme pájaro azul con sus impresionantes garras.

Reylan había llegado en el momento justo poniendo al príncipe Ebet fuera del alcance de Sayara. Hassia transformó su cuerpo en un extraño reptil violeta oscuro, atacando a la joven con sus desafiantes colmillos venenosos y sus afiladas garras. Pero la rapidez de la guerrera neutralizó a Hassia, absorbiéndole la energía hasta el punto de volverse otra vez humana, como si sus poderes se estuvieran anulando. La bestia negra volvió a lanzarse sobre ella proporcionándole un fuerte golpe que separó a Sayara de la joven Hassia. Los rugidos de Reylan se volvieron ensordecedores, desviando la atención sobre él. La enorme pantera empezó a rondar a Sayara. Sus ojos amarillentos brillaron. Sacó sus garras. No quería hacerle daño a su amor, pero tenía que hacerle saber a Emre que lo sacaría de su cuerpo, aunque tuviera que herirla. Los ojos de la joven lo escrutaron, parecían que escupían llamas. El olor nauseabundo se volvió más fuerte. «Reylan, no me desafíes más, guarda esa energía, la necesito para mí». La estruendosa risa de Emre salió de la boca de Sayara. Un sentimiento de odio recorrió el cuerpo de Reylan y saltó sobre Sayara en el momento que Ebet sujetó con las garras a la joven por detrás, por los brazos, inmovilizándola, y Reylan le clavó sus afilados colmillos en su cuello, haciéndola sangrar, hasta que sintió que ella se desvanecía y recobraba su mente.

Sayara recuperó su forma y miró a todos desafiándolos, sobre todo a Hassia.

Reylan bajó la mirada. No quería hacerle daño, pero era la única forma que había encontrado de que Emre la dejara en paz: hiriéndola. Él se debilitaba, no sabía durante cuánto tiempo más ella podía soportar esa agresión, pero no le quedaba otra opción.

—Sayara, te llevo de regreso al palacio. Estás agotada y herida.

—No, Ebet. Acompaña a Hassia. Ella lo necesita más que yo.

Hassia temblaba. Todavía no entendía qué había pasado. No tenía fuerzas para poder transformar su cuerpo.

—No te preocupes, Ebet. Ella está bien, yo me mantendré cerca.

Sayara caminaba despacio, sujetándose el lado del cuello que todavía emanaba sangre. Estaba exhausta. Sentía que su respiración se hacía más lenta y empezó a sentir cómo su cuerpo se volvía torpe y la vista se nublaba, cayendo al suelo, desplomada.

Reylan saltó sobre ella cubriéndola con su cuerpo, lamiéndole la herida y comprimiéndola para que no saliera más sangre. «Lo siento, mi amor; no quise hacerte daño». Subió a la joven desfallecida sobre su enorme lomo negro, atravesando todo con rapidez hasta llegar a las habitaciones del palacio.

—¡Seyan, pronto! Creo que no va a resistir, está muy débil.

—Tranquilo, muchacho, se recuperará. Esta vez Emre fue muy lejos, agotó su cuerpo y su mente; necesita descansar.

Seyan, con sus manos, cargaba de energía el cuerpo de su hija, cicatrizando su herida. La respiración de Sayara volvió a la normalidad y quedó sumergida en un profundo sueño.

—Vamos, dejémosla descansar. En esta habitación estará protegida por el hechizo de magia blanca. No le hará más daño.

—Pero, Seyan, él la ha poseído en esta misma habitación.

—No, la otra noche tú la trajiste cuando la tenía dominada. Él no puede permanecer aquí, se agotaría mucho, y ese no es su objetivo.

—De todas maneras, voy a permanecer alerta. Su hedor es inconfundible.

Sayana estaba preocupada. Hassia apenas podía sostenerse, en su rostro y en sus ojos se reflejaban la crueldad a la que Emre la había sometido. Parecía pertenecer al oscuro mundo. Su poder cada vez se hacía más evidente en esa dimensión. Ebet pudo sentir cómo una poderosa fuerza lo absorbía a través de Sayara. En cada ataque, él se debilitaba más y ella se volvía más fuerte, tuvo la sensación de que iba a desaparecer, sentía hasta sus huesos debilitarse. De no haber llegado Reylan, no estaría ahí.

La joven guerrera se retorcía en su cama. Quería despertarse, pero estaba atrapada en su sueño. Era hora de servir a Emre en la otra dimensión.

—Padre...

Emre caminaba de un lado a otro. A cada movimiento suyo todo se secaba reduciéndolo a cenizas al descargar su ira. Por culpa de su hijo había perdido la oportunidad de obtener más poder, proveniente de la realeza.

—Eres una olvidadiza, Sayara. Te dije que ibas a sufrir mucho dolor por tu traición.

—Lo sé, padre, pero no te he traicionado.

—¿Estás segura?

La joven estaba inmovilizada, mientras que Emre le hacía sentir un atroz dolor que recorría por todo su cuerpo. Su pie estaba al rojo vivo como si un hierro caliente saliera de adentro para fuera, quemando sus huesos, tendones. Su piel empezó a grietarse...

—Por favor, padre, no te he traicionado, te he servido fielmente. Luché con todo lo que pude, pero su...

Sayana sentía que iba a perder la conciencia. No podía bloquear su dolor, su ropa estaba empapada de sudor.

Leonila se acercó a la habitación de la joven Sayara. Quería más respuestas. Cuando vio a la joven, dormida, retorciéndose en su cama, cubierta de sudor, su rostro reflejaba dolor, y su pie... se dio cuenta de que algo le estaba sucediendo, y no era precisamente en la habitación. Leonila tenía el mismo poder que Emre, podía controlar la mente de las personas. Ese poder estaba prohibido en la dimensión, pero no le quedó otra opción; necesitaba saber qué le sucedía a la joven, tenía que ayudarla. Tan solo con tocarla se retorció. Su dolor fue tan devastador que necesitó respirar profundo muchas veces para volver a intentarlo.

Era imposible. Podía ver y sentir a través de Sayara. «Cielos, ¡si ella está en el mundo de los humanos!».

—¿Qué me ibas a decir? —Emre suavizó el dolor de la joven. Sayara respiró agitada.

—Tu hijo Reylan salió en su defensa y me atacó. Cada vez que lo hace, me neutraliza.

—Sí, mi hijo..., lo pude ver. —Emre comenzó a reír irónicamente—. Es fuerte, poderoso y, sobre todo, joven. Quiero su cuerpo y su energía. También quiero la de Deylan. Seré uno. Son mi propia sangre.

»Escucha bien, esclava. Mi ejército está preparado, ya tengo suficientes hombres para regresar a mi dimensión y gobernar. Cuando absorba el poder de todos, los destruiré. El mundo será uno solo, el de la oscuridad eterna. Tienes dos días para encontrar la forma de atravesar el portal. Si no lo haces, acabarás tú misma con ellos, uno por uno, y comenzaré por tu queridísima hermana, Sayana. ¿Me has entendido, Sayara?

—Sí, padre.

Leonila quería estar más tiempo, pero era suficiente; no podía hacer nada en esa dimensión.

Trataba de recuperarse, apenas podía respirar. «No lo voy a permitir, Emre, no le harás daño a mis hijos. Tampoco le harás más daño a Sayara».

—Leonila, ¿de dónde vienes?

—Seyan, el momento se acerca.

—¿Qué te sucede? ¿Por qué estás tan nerviosa?

—Acabo de venir de la habitación de tu hija. Quería conversar con ella y...

—¿Le ocurre algo a mi hija?

—Sabes que tengo prohibido usar mi poder, pero cuando llegué a su habitación, Emre la tenía sometida. Evité hacerlo, pero ella estaba sufriendo y quise ver si podía saber más...

—Por favor, Leonila, me estoy impacientando.

—Todavía puedo sentir el dolor y su sufrimiento. Está destruyéndola de una forma cruel y despiadada. Es un ser miserable.

—Lo sé. Las brujas de magia blanca han preparado un hechizo para que él no pueda poseer más su cuerpo y se vea obligado a pasar el umbral.

—Le dio dos días de plazo para encontrar la forma. Si no, la obligará a destruir a cada uno y empezará con su hermana.

—No puedo soportar ese sufrimiento. Dime, Leonila, te conozco, ¿qué más viste?

—No puedo ni pronunciarlo, Seyan, tengo tanto temor...

—Tus hijos.

—Poseerá sus cuerpos y sus almas para formar uno solo.

—Tenemos que hablar con Mahiara. Ella sabe el significado de las runas.

Reylan y Deylan habían pasado la noche fuera. Sentían peligro en el ambiente, y se tropezaban con muchos otros habitantes de la dimensión; la atmósfera se estaba cargando de olores extraños y sonidos.

En la dimensión de los dones había amanecido y un gris oscuro cubría el cielo. Muchos de los árboles empezaban a mostrarse mustios, partes de las sabanas comenzaban a secarse, el zumbido de los zunzani estaba siendo perturbador. Los animales estaban inquietos.

—Rey Achen, siento lo de su hija. Esperamos que se recupere.

—Los sanadores han hecho todo lo posible. De no ser por Reylan, su hija hubiera destruido a mi hija.

—Lo sé, pero no es ella. Es el poder que Emre ejerce sobre ella. Por eso pedimos a todos unir nuestras fuerzas. Él es capaz de destruir nuestra dimensión en minutos.

—Es muy peligroso. Esta situación me empieza a preocupar. Aquella vez desapareció parte de nuestros habitantes.

—Por eso insistimos en que deben bloquear sus mentes, para que él no pueda desahuciarlos.

—Vamos, Seyan. Aunque esté viejo, todavía puedo pelear. Esta guerra es de todos.

—Debemos entrenar junto con los muchachos.

Sayara había despertado de mal humor. Apenas dirigió un saludo, ni siquiera cruzó palabra con su hermana. Su rostro estaba sombrío, los ojos tenían las pupilas dilatadas. Lista para una batalla. Cogió una espada y, de un solo golpe, derribó a Hessey.

—Vamos, Hessey, me parece que tú y yo tenemos algo pendiente.

El joven no titubeó; cogió enérgico el arma para enfrentarse a la guerrera. Quería demostrarle su fortaleza, sabiendo que corría peligro al enfrentársele. Su hermana Hassia apenas había sobrevivido el día antes, y las veces que la había visto afrontar a otros, no tuvo compasión. Así que tenía que sacar lo mejor de él. Además, estaba interesado en conquistarla.

—Creo que llegamos justo a tiempo, Seyan.

—Hace muchos años que el cielo no se veía de ese color. ¿Te has fijado?

—Puedo sentir en mi piel los cambios del ambiente. ¿Tendrá eso que ver con Emre? —El rey Achen hablaba con Seyan, pero no le quitaba los ojos al combate que tenían su hijo y Sayara.

—Sí, estoy seguro.

Reylan estaba inquieto. Había salido a explorar los alrededores y el interior de los bosques. La magia que cubría y protegía la dimensión parecía perder fuerza. Y la naturaleza era la primera en sentirlo.

—Sayana, al parecer tu hermana está demasiado tranquila, ¿o es idea mía?

—Algo no está bien, esa no es ella.

—No podemos bajar la guardia. Apenas se defiende de los ataques de Hessey.

—Él cree que la tiene controlada, y ella solo está jugando.

—Princesa Sayana.

—Achene.

—Es mi turno. Ya que no me concediste un baile, tal vez me hagas el honor de entrenar conmigo.

Achene quería aprovechar la oportunidad. Trataba de acercársele, pero Deylan siempre estaba a su lado.

—No voy a tener compasión contigo. No quiero que uses tus poderes. Solo usa tu fuerza.

El joven príncipe sentía el ímpetu de Sayana. Cada impacto entre sus armas era aplastante. Apenas lo dejaba coger respiro entre cada embestida.

Deylan observaba a Sayara. Seguía sin mostrar su verdadera rudeza, mientras que Sayana empezaba a volverse enérgica.

—Sigo pensando que esto está muy extraño. —Olfateó en el aire para encontrar rastros de Emre, pero estaba denso; desde la noche anterior, los olores se mezclaban.

Todos entrenaban. Solo él se mantenía al margen por si hubiera cambios en el comportamiento de Sayara.

—Sayara, creo que me estás dejando vencerte, ¿o es que solo son habladurías de los otros? Al parecer, mi hermana Hassia fue una debilucha que no pudo defenderse, y ese otro, Ebet, que se las da de presuntuoso, es otro cobarde. Mira a tu hermana, al parecer se muestra más poderosa que tú.

—Solo estoy calentando, Hessey. Mi hermana Sayana es muy buena guerrera, no quieras caer bajo sus armas; te aseguro que no lo pasarías tan bien como lo está pasando tu hermano.

A Hessey no le gustó el tono de voz de Sayara.

Sayana notó una energía extraña recorrerle por su cuerpo que la hizo volverse agresiva cada vez más contra Achene y que se incrementaba a medida que le atacaba. «Es él, me está tratando de desahuciar. Pero ¿cómo?». Trató de bloquear su mente, mas fue demasiado tarde, sus ojos se inyectaron en sangre y desató su furia contra todos a su alrededor.

Mientras, Sayara le estaba absorbiendo la energía poco a poco a Hessey, que apenas podía mover su espada.

Deylan transformó su cuerpo y la enorme bestia negra lanzó un rugido, alertando a Seyan, y sus poderosos colmillos se clavaron en el pie de Sayara, inmovilizándola. Seyan, junto con los poseedores de magia blanca, lanzó el poderoso hechizo sobre la guerrera, logrando expulsar a Emre del cuerpo de la joven. Esta cayó al suelo al mismo tiempo que Sayana se recuperaba.

—Hija, ¿estás bien?

Sayara abrió los ojos. Deylan le había clavado sus afilados colmillos en el pie sobre la marca que llevaba de su padre, y el dolor era insoportable.

—Mi padre es Emre.

—Hermana, ¿qué te sucede?

—Aléjate, Sayana. Si no perteneces a nuestro ejército, tendremos que enfrentarnos hasta la muerte.

Sayara se levantó y se alejó de todos. El hechizo había logrado sacar a Emre, pero su mente quedó dominada por él.

Hessey quería reponerse, pero su cuerpo estaba debilitado; su rostro mostraba el mismo semblante de su hermana.

—Cielos, Seyan. Esto no puede estar sucediendo. ¿Cómo ese miserable puede manipularnos a todos de esa manera?

—No sabemos si sobreviviremos. Quiero pelear hasta mi último aliento. No permitiré que Emre tome mis dones.

—Vamos a sobrevivir. Lucharemos juntos.

Sayara se adentró en el bosque de la cascada de las mariposas. Sus instintos siempre la llevaban a parar allí. Las aguas frías le sanaban sus heridas y tranquilizaban su dolor. Estaba llena de odio, hasta su propia hermana la había traicionado y, sobre todo, odiaba a su padre, Emre. Sentía que iba a explotar.

—¡Mahiaraaa! —La voz de la joven retumbó en todo el bosque—. Tú también nos has traicionado.

Mahiara estaba a su lado, observaba a la joven.

—Nunca te he traicionado. Solo estás siguiendo el camino que marcan tus runas.

—Aléjate, Mahiara. No quiero pelear contigo.

—La respuesta que buscas está frente a tu reino, Sayara. Desde allí la puedes ver.

La puerta. Recuerda, eres parte de ella.

Reylan había escuchado a Sayara. Su olfato lo llevó a las cascadas de las mariposas. «Cielos, ¿por qué siempre tiene que estar desnuda? Al menos, no hay nadie a su alrededor. ¿Qué habrá pasado? Su rostro está enojado y sombrío. Este es el único lugar que mantiene la magia».

—Reylan, ¿por qué siempre estás aquí?

—Acabo de llegar, Sayara; escuché que gritabas y rastreé tu olor. Tienes que descansar. Tus ojos están enmarcados por unas ojeras muy profundas.

—Estoy bien. Ahora vete, aléjate de mí, no vuelvas a acercarte; la próxima vez no voy a dejar que te metas en mi camino.

—Es mejor que me vaya. Creo que necesitas estar sola, pero voy a estar lo suficiente cerca de ti para protegerte, mi amor.

Un silencio acompañó las palabras de Reylan.

Capítulo 8

Sayara avanzó por el interior de los bosques hasta llegar al lugar donde Reylan la había llevado a ver al reino al que pertenecían ellas. Estaba ahí, oculto, justo frente al farallón. Pero ¿dónde estaría la puerta? El grisáceo tono del cielo cada vez se hacía más intenso. El farallón que separaba ese reinado era ancho y profundo. No había manera de atravesar ese lugar a no ser por el aire; un paso errado y podía caer en el abismo.

Sayara se recostó debajo de los árboles que lo bordeaban. Se sentía incómoda, pero logró quedarse dormida, lejos de todos. A pesar del hechizo que la protegía para que Emre no la volviera a desahuciar, no le impedía que volviera a traspasar el umbral en sus sueños para seguir sirviéndolo en el mundo de los humanos.

—Padre, ya sé el lugar por donde atravesaremos para la otra dimensión.

—¿Dónde? —Emre caminaba lento a su alrededor intoxicándola con su aliento fétido.

—En el farallón que separa el reino de las mariposas.

—¡Claro...! —Puso su mano sobre el hombro de la joven.

Sayara sintió como si le hubieran atravesado con un puñal donde Emre puso su mano. Pero se mantuvo erguida, tratando de controlar el dolor.

—Pero... —Apenas podía respirar.

Emre retiró su mano.

—¿Decías?

—No sé cómo se abre la puerta.

—Te queda hasta mañana, Sayara. Encuentra la forma. —Su voz retumbó.

Reylan siguió a la joven tratando de mantener la distancia para que ella no lo notara. Su comportamiento era extraño. No parecía la misma cuando percibió el hedor de Emre en el aire.

La joven trataba de despertarse. Agarraba puñados de hierba arrancándolas de raíz.

Reylan gruñó amenazador alrededor de ella hasta que notó que el olor nauseabundo empezó a disiparse. Se echó a su lado, recostando la cabeza junto a su cuello. Sayara se tranquilizó continuando con su sueño.

Pasaron las horas y el príncipe Reylan todavía protegía a su hermosa guerrera. Había transformado su cuerpo y se había quedado dormido junto a ella. Sayara estaba recostada y tenía su brazo encima de su pecho, podía oler su aroma masculino, lo que la hizo despertar percatándose de que estaba abrazada a Reylan.

Con un solo movimiento, los dos se pusieron en posición de ataque.

—Sayara, tranquila, solo te estaba protegiendo.

—No necesito a nadie para que me proteja. Te dije que no te

volvieras a atravesar en mi camino.

Sayara se lanzó encima de Reylan, atacándolo con la espada, pero él la esquivó. No quería pelear con ella. Estaban a la orilla del farallón y era muy peligroso.

—Es mejor que me vaya, no quiero enfrentarme contigo. Te prometo que me mantendré alejado.

—Lo siento, Reylan, pero todavía no te vas.

La joven, con fuerza y destreza, embistió su espada contra él. Sin dejarle alternativa, se volvió una pelea entre ellos agotadora. Cada uno se defendía y atacaba sin límites de fuerza.

Reylan estaba luchando contra su amor, contra la guerrera que se había impregnado en su corazón. En ese momento era solo ella, no estaba poseída por Emre. Mas era intransigente y volcaba toda su energía interior en la lucha.

—Sayara, creo que estamos llegando muy lejos. No quiero seguir luchando contra ti, aunque no me dejas alternativa. ¿Hasta dónde quieres llegar? ¿Quieres que nos hagamos daño?

—No sé, Reylan. Eres un buen contrincante. Eres el único, además de mi hermana, que puede sostener una lucha cuerpo a cuerpo, sin usar tus dones.

—Gracias, ¿eso quiere decir que hacemos una tregua?

Sayara bajó su espada.

Estaba oscureciendo más rápido de lo normal y apenas podían verse. Habían mantenido la lucha siguiendo sus propios instintos.

—Vete, yo regreso sola.

—Como quieras, pero creo que estás muy cerca de la orilla y es muy peligroso. Puedes caerte.

—No quiero que te preocupes por...

Sayara sintió cómo las piedras resbalaron bajo sus pies sin darle tiempo a reaccionar. Ella había visto cuán profundo era ese farallón, pero Reylan la había sujetado antes de que cayera, atrayéndola contra su pecho.

—Vamos, es mejor alejarnos de este lugar.

Había bloqueado su respiración, algo la había hecho dudar cuando sintió los fuertes brazos de Reylan, abrazándola con firmeza.

Sayara se separó suavemente y, sin decir palabra, caminó a su lado hasta el palacio.

Seyan y Leonila observaban la dimensión desde una de las terrazas del palacio. Mantenían la calma, pero sabían que toda esa belleza podía quedar enterrada bajo el dominio oscuro de una sola persona.

—Seyan.

—Mahiara, te estábamos esperando.

—Es hora de que regreses al reino de las mariposas.

—No nos queda mucho tiempo, ¿verdad?

—No, todos deben estar cerca de la puerta. Sayara está tratando de luchar, pero Emre la va a destruir.

—Es muy fuerte, no sé cómo ha podido resistir el dolor que ese malvado le está causando. —Respiró Leonila profundamente—. La extorsiona miserablemente.

—Cada vez está más conectada. Hoy casi cae en el abismo del farallón. Y de no ser por Reylan, hubiera abierto el portal y no nos habría dado tiempo a reaccionar.

—¿Reylan? Pero ¿qué hacían ellos allí?

—Ella se está aislando de todos. Emre tiene su mente controlada. A pesar de que ahora está protegida por el hechizo de magia blanca, tiene una profunda conexión con él, lo que hace que puedan conectarse con más facilidad. Reylan es su guardián, todos lo sabemos.

—Está enamorado y sufre por no poder ayudarla.

—Ella lo aleja constantemente. Hoy tuvieron un combate entre ellos, fueron agresivos los dos y cuando vieron que sus fuerzas se igualaron, decidieron detener la lucha, pero ella estaba cerca del borde y resbaló. De no ser por él, a esta hora posiblemente no quedaríamos casi nadie en esta tierra.

—A pesar de que somos poderosos uniendo todos nuestros dones, nos puede reducir a cenizas con el poder que ha alcanzado.

—Partid esta misma noche. Me encargaré de avisar a las brujas de magia negra y a las de magia blanca para proteger con hechizos a todos los reinos como se hizo con el tuyo, Seyan, y a los niños y a los habitantes con menos poderes los mantendré lejos de su alcance, porque ellos serían a los primeros en absorberles la energía. Akira puede cuidar de ellos.

—No te preocupes, Mahiara. Ahora mismo se lo haré saber a todos.

Estaba amaneciendo y el hermoso reino de las mariposas se hacía evidente ante los ojos de todos, pero el gris del cielo empañaba lo mágico del lugar. Seyan extendió sus manos y, sobre el abismo entre el farallón y su reinado, apareció un puente luminoso que los unió. Muchos utilizaron su don para volar sobre él.

—Padre, ¿crees que ha sido una buena idea?

—Sí, hija, hemos protegido a los más débiles y aquí nos concentraremos mejor para defendernos de Emre. Tu hermana se ha quedado retrasada.

—Padre, tienes que saber que, aunque sea mi hermana y nos duela, cuando te encuentres con sus armas, no te detengas. No va a tener piedad con nadie.

—Lo sé, hija, lo sé.

—Está ciega, controlada por Emre. No tiene el control sobre sus dones. Ella luchará con su fuerza. Solo si él dejara de manipularla, volvería a ser la misma, pero sería casi imposible, es su mejor guerrera. Y prefiere perder a la mayoría de sus soldados desahuciados antes que a ella, porque sabe que con Sayara tiene su victoria asegurada; puede ser tan despiadada como él. La ha entrenado para eso.

Reylan y Deylan sentían una vigorosa energía que los puso en estado de alerta. Estaban ansiosos, nunca habían visitado ese reino, y sus olfatos se agudizaron. Podían percibir miedo en algunos y, en otros, coraje. El ambiente estaba cargado de emociones.

—Hermano, la lucha va ser difícil, pero no podemos dejarnos vencer.

—Mi pecho está encogido, Deylan. No quiero ni pensar cuando me enfrente a los ojos de nuestro padre, y a mi amor, a la que tengo que aniquilar en caso de que no quede otra opción.

—Lo sé, hermano. La propia Sayana nos lo advirtió, y nuestra madre, también. Nosotros no podemos dejar que Emre se apodere de nuestras vidas. Por el bien de las dos dimensiones. Tú has visto cómo se encuentra Hassia: perdió sus dones, no sabemos si los va a recuperar, y de no ser por ti, la hubiera eliminado.

—Al menos, sus hermanos corrieron con más suerte, ya están recuperados. Emre es muy poderoso.

Las mariposas que revoloteaban alrededor de ese reinado se habían convertido en un ser. Formando un cuantioso ejército eran los guardianes de la dimensión. El reinado cubría una extensa área. Los enormes muros lo separaban del farallón.

Los habitantes ocuparon todo el palacio, ubicándose estratégicamente, preparados para la batalla. Las brujas lanzaron hechizos para proteger las mentes, aunque sabían que tal vez no resultaría.

La oscuridad empezó a avanzar. Comenzó a correr una brisa fría que calaba hasta los huesos; las hojas de los árboles volaban desprendiéndose con facilidad, como si la naturaleza se estuviera muriendo.

—Padre, ¿has visto a Sayara?

—No, ella se quedó rezagada y después la perdí de vista.

—Preguntaré a los otros. ¿Habéis visto a mi hermana?

—No creo que esté dentro del palacio. Pero está cerca, la puedo olfatear. —Reylan lucía poderoso con su vestimenta negra. Vigilaba unos de los muros, tenía su olfato y sus oídos en guardia.

—Estoy preocupada.

—Yo también, Sayana. Su corazón está tranquilo, parece que está como si estuviera meditando. —Deylan también se mostraba poderoso. Su atuendo negro y su mirada verde penetrante lo hacían digno de admiración.

—Eso significa que se está preparando, o está pensando en hacer algo que no quiere.

—Ella no quería que Emre atravesara la dimensión.

—Sí, pero desde el hechizo que sacaron a Emre de su cuerpo, su mente quedó bloqueada por él. No sabemos hasta qué punto ella está dominada.

El príncipe Ebet y todo su ejército sobrevolaba el palacio y el abismo, situándose en posiciones estratégicas para defenderse, junto con los otros miembros con poderes voladores.

Hessey y los demás enmascararon sus cuerpos con toda la naturaleza a su alrededor, mas otros quedaron en la otra parte del farallón, para protegerlo. Los soldados con poderes de animales permanecieron como humanos, debían ahorrar todas sus energías para el gran momento.

Sayana buscaba por todos lados a su hermana. Se proyectó por todos los alrededores del palacio, pero no dio con ella. No había rastro.

—Padre, no encuentro a Sayara.

—Yo tampoco, la hemos buscado por todos lados.

—No sé dónde pueda estar, pero puedo percibir que su corazón ha comenzado a latir fuertemente, como si no estuviera segura de lo que quiere hacer.

—Ebet, ¿puedes sentir eso?

—Puedo leer el corazón.

—¿Dónde están Leonila y Mahiara?

—Leonila está en el otro extremo.

—Sayana, estoy aquí, pero debo estar pendiente. —Mahiara proyectó su imagen.

—No puedo localizar a Sayara.

—No te preocupes, está confundida. Ella sola debe encontrar la forma de abrir el portal.

—¿Puede tardar?

—No, solo está a un paso de ella.

Sayara se había quedado del otro lado del farallón. Alejada de los otros, a su alrededor sabía que había habitantes réptiles y con otros dones que habían permanecido ahí para proteger esa parte, pero eso no la inquietaba para continuar con su orden.

Sentía cómo Emre trataba de controlarla, pero ella no tenía la respuesta; no lo quería defraudar. Un extraño sentimiento comenzó a invadirle, haciéndola caminar a la orilla del farallón, quedando sus pies justo al borde. Su corazón latía con mucha rapidez, sentía que casi podía agarrarlo con su mano.

«No, padre, espera, dame más tiempo». La mente de la joven se estaba nublando. Emre la estaba agotando energéticamente. Sus pies se doblaban, mientras que ella trataba de mantenerse, buscando la forma de abrir la puerta.

«No voy a esperar más, inútil. Sabes de lo que soy capaz». La voz de Emre le retumbaba en sus oídos, aumentando la presión. Se llevó las manos a los lados de la cabeza, tapándoselos, y algo viscoso y caliente salió de ellos, pasando a través de sus dedos. «No puedo soportarlo, me duelen mucho». Sayara apenas logró ver sus manos ensangrentadas y perdió el equilibrio, cayendo al abismo.

Sayana percibió un escalofrío en todo el cuerpo: una fuerte emoción se apoderó de ella. «Mi hermana».

Reylan enterró sus garras en el muro y sus ojos se humedecieron. «Mi amor».

Sayara, de repente, notó un enorme alivio. Mientras que su cuerpo caía, cerró sus ojos y comenzó a recordar los pocos momentos de alegría que compartió con su hermana cuando eran pequeñas. Los besos de Reylan que la hicieron despertar una emoción llena de felicidad y deseos que se contenían delante de él. Sin darse cuenta, se había cargado de energías, y empezó a fluir ligereza por todo su ser, que la elevó a la superficie mientras relucían unas luminosas alas de mariposas transparentes. Y alrededor de ella comenzó a rodearla un extraño halo oscuro que empezó a engrosarse. La oscuridad se hizo inminente, el olor nauseabundo de Emre comenzó a invadir el aire. El halo se separó de ella y tomó la forma de un ala derecha de mariposa, abriéndose la puerta entre las dos dimensiones. Se formó un puente sobre el abismo y apareció Emre seguido de sus soldados desahuciados. Los cuerpos casi cadavéricos y los ojos inyectados en fuego, estaban dirigidos por una fuerza poderosa que era dominada por el mismísimo Emre, que los volvía violentos y salvajes, decididos a enfrentarse con los habitantes de esa dimensión.

—Sayara, mi fiel guerrera.

Al abrirse el portal, la joven quedó desprovista del hechizo protector de las brujas, cayendo automáticamente bajo su dominio. Sus ojos eran igual a los de los soldados.

—Padre, ya está aquí.

—Quiero que te enfoques en los más poderosos para después

tomar sus dones. Los soldados se encargarán de los más débiles.

—Así será, padre.

Sayara no perdió el tiempo y arremetió con sus armas contra todo lo que estaba a su paso. Mientras, continuaban atravesando más soldados por el umbral abierto.

—Seyan, llegó la hora. Cuídate, hijo.

—Tú también, Mahiara; no podemos dejar que nuestra dimensión caiga en sus manos.

Reylan y Deylan habían transformado sus cuerpos en las enormes bestias negras y desgarraban en segundos las gargantas de los desahuciados con sus afilados colmillos; no tenían necesidad de usar armas.

La oscuridad sobre la dimensión se hacía más imperiosa, el reino de los reptiles destrozaba con sus poderosas mandíbulas a los cadavéricos soldados. Otros inyectaban su letal veneno fulminándolos al instante; el otro reinando, el de las poderosas aves salvajes, despedazaban con sus fuertes picos y sus garras los cuerpos del enemigo. Todos los demás ejércitos utilizaban sus fuertes dones para bloquear la entrada al palacio del ejército de Emre. El ejército guardián de la dimensión lanzaba flechas y, con sus poderosas alas, barrían todo a su paso o utilizaban sus espiritrompas como armas.

Los cadavéricos soldados que se adentraron por la otra dirección eran atacados por los reptiles enmascarados y por otros soldados con extraños dones de animales raros, siendo eliminados con sus fauces y sus letales venenos. Los que se adentraban más al bosque corrían con la suerte de tropezar con los zunzani y caían fulminados con los oídos estallados en el acto por el fuerte zumbido de estos diminutos pájaros. El bosque de los pensamientos se había convertido en un poderoso ejército: atacaban a sus víctimas con el mismo pensamiento sanguinario con que iban atravesando por su interior.

Pero no todos estaban haciendo lo que era más importante: bloquear sus mentes para que no fueran absorbidos por Emre. A su paso, este iba despojándolos y los hacía desaparecer, reduciendo a cenizas sus cuerpos y todo cuanto estaba a su alrededor, recargando cada vez más su poder y sus energías.

Seyan, con sus manos poderosas, descargaba energías neutralizando a los soldados, mientras que otros eran atravesados por las afiladas astillas que arrancaba de los árboles que había a su alrededor cuando desprendía su poder.

Leonila había puesto a salvo a muchos humanos, había logrado desbloquearles la mente haciéndoles recobrar su humanidad. Después eran protegidos por las proyecciones de Sayana y Mahiara, alejándolos de la batalla. Pero también se defendían de los que los seguían atacando y no podían ser desbloqueados, ya que eran tan crueles y sanguinarios como Emre. Sayana sabía que no podía darse el lujo de titubear y, si no había otra opción de salvarlos, se volvería tan despiadada como ellos.

Las brujas de magia blanca lanzaban hechizos, algunos eran protegidos, pero otros eran exterminados. Las de magia negra eran menos transigentes: sus conjuros destruían los cuerpos de los desahuciados, convirtiéndolos en horribles y asquerosos seres que atacaban a su mismo ejército devorándolos.

Emre seguía avanzando. Utilizaba a los árboles y plantas a su alrededor. Atrapaba a otros soldados, los despojaba de sus dones y eran arrastrados por sus raíces hacia las profundidades, mientras que Sayara se abría camino debilitando a los habitantes de la dimensión para que Emre los absorbiera.

—Hermano, nunca había visto tanta crueldad. Estoy asqueado de tantas muertes. —Deylan no había bajado la guardia. Se mantenía tan fuerte y poderoso como su hermano, y su boca chorreaba sangre de tantos cuellos decapitados.

—Estoy de acuerdo contigo, Deylan, pero no podemos rendirnos. Hay que luchar hasta el final. Creo que llegó el momento. Tenemos que hacerles frente a Emre y a Sayara, no podemos seguir permitiendo que siga avanzando. Todo está cambiando. El ambiente huele a sangre mezclado con su fetidez y se está haciendo cada vez más fuerte.

—Vaya, vaya... ¿A quién tenemos aquí? —Emre ni siquiera había tocado un arma, todo su desastre lo iba realizando con los poderes que iba extrayendo—. Sigues igual de hermosa, esposa mía.

—Aléjate, Emre. Desde que traicionaste a los nuestros y fuiste expulsado de esta tierra, dejaste de tener vínculo alguno conmigo.

—Esa es la palabra, «vínculo». ¿Dónde están mis hijos? Ya veo que hiciste un buen trabajo con ellos.

—Mis hijos, Emre, los eduqué y los cuidé yo. Dos jóvenes fuertes y poderosos.

—Eso, Leonila, eso: fuertes y poderosos. —Emre reía, su risa era perturbadora—. Eso mismo es lo que deseo: sus fuerzas, sus poderes, su juventud. La de mis propios hijos.

—No, Emre. Primero tendrías que matarme antes de apoderarte de ellos. —Leonila estaba transformada en una hermosa bestia negra.

—Me sigues gustando, esposa mía, pero si eso es lo que quieres…

Levantó sus manos y lanzó a Leonila contra unos de las columnas del palacio, golpeándola tan fuerte que apenas pudo volver a reincorporarse. En ese mismo instante, Reylan lo atacó arrancándole un brazo desde el hombro.

—Ese es mi hijo. —Emre era inmune al dolor—. No importa, dentro de poco no necesitaré más mi cuerpo. Hay otros más jóvenes que ocupar.

—¿De qué hablas? No pienses que vas a seguir avanzando, maldito.

—No me hables así, Reylan, yo soy tu padre.

—Lástima que yo no lo considere así.

Los ojos del joven príncipe reflejaban rabia y resentimiento.

—Sayara, no quiero enfrentarme contigo. Debes reaccionar, él no es tu padre. ¿No te das cuenta del daño que estás haciendo? —Deylan rodeaba a la joven, tratando de evitarla.

La guerrera solo escuchaba la voz de Emre. No era capaz de pensar ni hacer nada por sí misma. Estaba poseída y su mente y su cuerpo eran controlados por él.

—Deylan, ella no puede usar sus poderes, solo su fuerza, mientras esté bajo su dominio. No te reconocerá a ti ni tan siquiera a mí, a su propia hermana.

Sayana embestía con energía y fuerza el arma contra Sayara, tratando de esquivar sus ataques, pero ella no le dejaba opción.

Seyan trató de ayudar a Leonila, pero esta casi apenas podía moverse. Lanzó una descarga de energías sobre Emre.

—Tu rostro me parece conocido. ¿Quién eres?

—Alguien que no va a tener piedad contigo, Emre.

—Ah..., esa voz la reconozco, pero no recuerdo.

Arremetió contra Seyan un poder casi insostenible por él, usando solo su mente, introduciéndose en su cerebro, tratando de apoderarse de toda su energía y lanzándolo contra otra columna del palacio, haciéndole caer al suelo.

Seyan se levantó y volvió a lanzar con mayor fuerza otra descarga, pero Emre seguía inmune a cualquier ataque. Reylan brincó sobre él y Emre, esta vez, fue muy violento. Lo paralizó y quedó desprovisto de su fuerza. Deylan atacó a su padre clavándole los colmillos en el cuello, logrando desgarrarlo, pero no lo suficiente para derrotarlo, lo que lo hizo reaccionar agresivamente contra su otro hijo.

—Deylan, pensé que eras más débil, pero ya veo que eres tan rápido y preciso como Reylan.

Emre comenzó a reír con más ganas aún. Todo estaba saliendo mejor de lo que él se esperaba, y estaba resultando muy fácil.

Sayana se proyectó y atravesó a Emre con su espada por la espalda, mientras mantenía una lucha sostenida con Sayara.

—¿Qué fue eso? ¿Quién me traicionó? ¿De dónde salió ese poder que fue capaz de atacarme por la espalda? ¿Cuál de vosotros ha sido? —Emre se había descuidado, confiándose que Sayara lo protegía a sus espaldas, mientras él ya estaba arrancándole las energías a otros.

Pasó rápida su vista. Leonila y Seyan apenas podían moverse. Y sus hijos todavía estaban transformados en panteras. El cuello y el lugar desde donde faltaba su brazo emanaban mucha sangre, el abdomen estaba atravesado por una espada y, al parecer, nada lo afectaba.

Sayara embestía contra su hermana y a todos los que se acercaran.

Deylan aprovechó que Emre no se percató de que todavía no estaba controlado por su mente y volvió a atacarlo, mas fue lanzado con brutalidad contra unos de los muros.

—Cielos, no me puedo mover. —Deylan trató de incorporarse, pero era como si todo su cuerpo estuviera inmovilizado por una fuerza sobrenatural.

—Yo tampoco, hermano. Creo que Emre está absorbiendo mi energía. No puedo ni respirar. Siento cómo mi corazón late muy lentamente.

Todo cuanto se acercaba a Emre era fulminado en el acto, reduciéndolo a cenizas.

—Leonila, creo que puedes ir despidiéndote de tus hijos. —La insensibilidad de Emre y su ironía parecían puñales clavándosele en su pecho—. Disfruta de ellos por última vez.

Seyan logró levantarse y volvió a lanzar contra él una poderosa onda que logró captar su atención, y Reylan cayó al suelo casi desfallecido.

Mahiara proyectó la imagen de los dos príncipes para que pudieran recuperarse.

—Leonila, tienes que tratar de desbloquear la mente de Sayara.

—Mahiara, lo he intentado, pero ese maldito es impenetrable.

—Todavía no logro saber de dónde te conozco. Creo que tú vas a ser el primero. Tu poder es increíble, siento cómo me puedo sanar.

Seyan había sido paralizado por él.

—Espera, me voy a dar gusto. —Reía mientras Seyan se retorcía.

Sayana se proyectó y volvió a atacar a Emre, pero esta vez se dio cuenta y la lanzó con fuerza directo al lado de Seyan.

—Padre, lo siento.

—No, hija, juntos hasta el final.

—Maldita traicionera. ¿Has dicho padre?

—Sí, Emre, este es mi verdadero padre y el de Sayara. Eres un impostor, un ser despreciable que se aprovechó de nosotras.

La joven guerrera gritó «Sayara» con todas sus fuerzas, captando la atención de ella.

—Sayara, este es nuestro verdadero padre, Seyan.

Emre quedó sorprendido con la verdad. Él lo había matado. Tan grande era su poder que podía revivir.

—Mi esclava se hará cargo de su propio padre. Delante de tus ojos, Sayana. Quiero ver cómo es ese poder de volver a revivir.

Sayana se levantó casi sin fuerzas y se paró en medio de su padre y su hermana, defendiéndose como una guerrera con sus últimas energías, pero Emre controlaba cada ataque de Sayara de manera despiadada. La joven intentó proyectarse, pero no lo logró.

—¿Creíste que me volverías a traicionar? No sé cómo lo haces, maldita traidora, pero esta vez no te escapas. Te voy a mandar a las profundidades para que me sirvas el resto de tu vida, pero, mientras tanto, sufrirás como lo hace tu hermana. —La joven fue lanzada cayendo por unos de los muros del palacio.

—Es hora, esclava. Quiero ver cómo matas a tu propio padre.

Mahiara proyectó la imagen como si ella lo hubiera hecho,

atravesándolo con su propia espada varias veces por el abdomen.

Emre reía de satisfacción.

—Es increíble. Mi esclava, a la que entrené, volvió a hacer mi trabajo, su propia sangre.

Leonila aprovechó unos segundos que el despiadado Emre se recreaba y saboreaba parte de su victoria y logró introducirse en la mente de la joven, bloqueándola, haciéndola recuperar su humanidad, viendo la proyección que Mahiara mantenía. Por un momento, vinieron a su cabeza con nitidez las ráfagas de imágenes que había visto cuando Emre la estaba ahogando en el barril: era pequeña, y delante de sus ojos vio cómo mataba a su madre y a su padre, y agarraba a su hermana y a ella por los cabellos, arrastrándolas.

—Padre, lo siento.

—Rápido, hija. Busca a tu hermana antes de que caiga. —Seyan la miró y asintió con la cabeza—. Tú puedes.

Sayara dejó su imagen proyectada y se apresuró en buscar a Sayana. Su cuerpo estaba cargado de energías y sintió cómo salían de su espalda unas fuertes y poderosas alas de mariposas como las que había visto en la cascada.

Sayana sintió cómo su cuerpo fue abrazado por una luz y unos conocidos brazos la abrazaron.

—Hermana, eres hermosa. —La joven sonrió.

—Vamos, Sayana, tenemos algo pendiente que terminar. Debes ser fuerte.

—Hijas, he esperado mucho por este momento. —La luz que abrazaba a Sayana se convirtió en una hermosa imagen con enormes alas de mariposas.

—Madre.

—Vuestros verdaderos dones han sido devueltos. Vosotras sois las guardianas de las puertas de la dimensión.

Sayana sintió cómo salían de su espalda unas enormes alas como las de su hermana. Ambas se elevaron.

Emre caminaba vanagloriándose alrededor de sus hijos, dispuesto a extraer su materia para fundirse en un solo cuerpo. Pero algo faltaba, no podía sentir fluir la energía de ellos.

Las guerreras se atravesaron en su camino con la misma crueldad con las que las había entrenado. Sayana sujetó su cabeza mientras que Mahiara dejó ver la realidad, y sus ojos escrutaron con odio a los de sus hijos. Sayara, con un solo movimiento, deslizó su espada por su cuello, haciendo la cabeza rodar.

La dimensión quedó en tinieblas por completo y la risa espeluznante de Emre se escuchó en todos los rincones. Su asqueroso y desagradable hedor fue desvaneciéndose. Sayara sintió cómo el anillo de fuego que rodeaba su tobillo la liberó. El cielo se empezó a aclarar y las jóvenes volaron sobre el abismo agitando sus hermosas alas, abriendo las puertas entre las dos tierras, regresando al resto de los humanos que miraban atónitos a su alrededor como tratando de despertar de una horrible pesadilla.

Leonila borró la mente de todos y se las llenó de los pocos recuerdos felices que pudo encontrar en cada uno de ellos.

Las hermanas volvieron a agitar sus poderosas alas y cerraron las puertas que unían las dos dimensiones.

Parte de esa dimensión había quedado devastada después de la sangrienta guerra. El velo de luz que cubría protegiendo al reinado de las mariposas se levantó y se extendió por toda la tierra de los dones, restableciendo su naturaleza, llenándola de la magia de la vida, devolviéndoles los poderes a los que lo habían perdido.

Las princesas Sayara y Sayana, por primera vez, volaban con sus propias alas.

—Hermana, somos libres.

—Todo es como en mis sueños. Vamos, quiero llevarte a los tres lagos.

—Vaya, eso no los he visto todavía.

—Ebet me contó que bañarse en sus aguas traía felicidad y amor a las que quieran formar una pareja.

—¡Ebet!

—Tranquila, hermana, no tengo intereses como tú en el amor.

—¿Segura, Sayara?

—Mira, Deylan nos ha seguido todo el camino. Quizás quiera darse un baño.

—Estoy enamorada, puedo sentir el amor. ¿Y tú, no sientes nada por su hermano?

—Yo... —Sayara titubeó.

—Abre tu corazón. Eres libre, hermana; deja que tu energía fluya para que entren los sentimientos. Al parecer, tienes varios pretendientes.

Sayana había visto a Reylan cerca de uno de los lagos.

—¿En cuál quieres darte el primer chapuzón?

—En el plateado, donde me espera Deylan.

—Yo quiero disfrutar del azul.

Sayara recogió sus alas y se dejó caer en medio del hermoso lago. Las aguas eran frías como las de la cascada. Se deshizo de sus ropas, quería sentir sobre la piel el roce de la corriente. De repente, sintió que alguien la agarró de la mano.

—¿Por qué siempre tienes que estar desnuda?

—Reylan, ¿qué haces aquí?

El joven príncipe atrajo a su guerrera hacia él, mirándola hasta el fondo de sus ojos. Sayara sostuvo la mirada, sentía cómo vibraba. Abrió su corazón y su cuerpo se llenó de emociones, besando a Reylan con mucha pasión.

—Mi amor...

Tierra de Dones

Lena M. Waese

Otras obras de la autora:

Lena M. Waese

Noche de procreación

Solo una oportunidad cada diez años y, por fin, ha llegado ese momento. Las jóvenes sirenas deben aprovechar la ocasión que se brinda una vez cada década para poder reproducirse. Cambiarán sus hermosas colas por largas piernas y obtendrán el aspecto humano necesario para aparearse con los hombres y así concebir a la nueva generación que perpetúe la especie. Pero no va a ser tan sencillo. Las sirenas no solo tienen que pasar desapercibidas para protegerse y seguir siendo una leyenda entre los humanos; también en su entorno hay numerosos y constantes peligros que las acecharán para evitar que logren su objetivo: los tiburones, la hostilidad de las condiciones en tierra firme y la envidia de las sirenas mayores, que no consiguieron su objetivo en la ocasión anterior, harán que estas intrépidas ninfas marinas estén dispuestas a arriesgar sus vidas si hiciera falta para lograrlo. Pero la pasión y los sentimientos inesperados pueden poner en peligro muchas vidas y hacer fracasar toda la misión.

Lena M. Waese
Un reencuentro inesperado

Esa noche, en el club nocturno Petit Prince.

Un encuentro inesperado hace que los caminos de Simón y Marina se crucen de nuevo.

Marina, después de la muerte de su esposo, había retomado el timón de su vida, que hasta ese momento solo tenía sentido por sus hijos y su trabajo. Después de tantos años amargos vividos junto a su esposo, había decidido levantar una barrera contra los hombres y el amor.

Pero ese reencuentro la hace poner en dudas su decisión, pues él hará hasta lo imposible por conquistar su amor.

Vivirán momentos intensos, llenos de pasión, aunque Marina sigue intentando mantener firmes sus pensamientos. Sin embargo, una situación inesperada hace que se distancien y Simón reflexiona en si debe seguir amándola o poner fin a esa pasión que lo está destruyendo.

Por su parte, Marina se da cuenta de que se ha enamorado perdidamente de él, aunque no está segura si Simón regresará...

Sobre la autora: Lena M. Waese

Escritora cubana radicada en Alemania desde el 2013. Tiene inéditos un grupo de volúmenes dentro de los que destacan novelas y cuentos para el público infantil y juvenil. En Amazon ha publicado algunos libros como *Tierra de dones* y *Noche de procreación*, novelas de corte fantástico, donde la autora desborda su aguzada imaginación y nos muestra mundos imaginarios poblados de personajes mitológicos que nos llevan de su mano hacia aventuras sorprendentes.

Made in United States
Troutdale, OR
12/22/2023

15895406R00106